순진한

첫

순진한 짓

초판인쇄   2014년 6월 23일
초판발행   2014년 6월 30일

지은이   허만하 정익진 조말선 유지소 김형술 김참 김언
펴낸이   김진수
펴낸곳   도서출판 사문난적

출판등록   2008년 2월 29일 제313-2008-00041
주소   서울시 강서구 염창동 268번지
전화   편집 02-324-5342 영업 02-324-5358
팩스   02-324-5388
ⓒ 허만하 정익진 조말선 유지소 김형술 김참 김언, 2014

ISBN 978-89-94122-36-6 03810

순진한

칫

사문난적

시초는 바닷가에서 되풀이된다

세계는 풀어지지 않으면 안 되는 수수께끼로 우리 앞에 있다. 그 수수께끼를 대변하는 물음은 당연히 주체한테 주어진 물음이 된다. 물음은 미지의 것이 나타났을 때 그것을 이미 알고 있는 것에 환원하려는 작용이다. 다시 말하면 낯선 타자성을 주체 내부에 이미 동화되어 있는 것으로 만들려는 작용이다. 확실한 것 안에서는 물음은 태어나지 않는다. 시는 시가 물음이 되었을 때 시작한다.

우리는 오늘 시적인 언어와 미 앞에 정면으로 서는 이중의 물음 내지는 총체적인 물음이 된다. 우리들은 물음을 유지하고 되풀이함으로써 우리들의 현재를 역사에 연결할 수 있을 것이다. 우리들은 순수한 야심이다. 우리들은 개념으로 시를 해부하는 방법을 반성한다. 시는 본질적으로 체계적 전개 그 자체를 불가능하게 하는 나타남이다. 우리들은 말을 전달로 보기보다도 자율적인 존재로 본다. 시는 그 자체가 하나의 세계를 드러내는 특권적인 존재다. 바닷가 도시에서 시의 환경은 짙은 구름처럼 우둔하거나 세밀하지 못했다. 우리들은 우리가 사귀어야 했던 그런 풍토를 조성했던 것이 부산의 시 자체였다는 사실을 반성하며 시 쓰기를 지속했다. 이러한 우리들 자세에 대해서 격려를 담은 따뜻하고도 날카로운 눈길을 보내준 정신을 만날 수 있었다. 그것은 부산의 시선이기도 했고, 외지의 것이기도 했다. 반가웠다. 우리들 시 쓰기가 공간적으로 부산에 한정되어 있지 않다는 사실은 외로웠던 우리들을 고무했다. 우리들은 무모하게도 그 따뜻한 시선이 역사적 필연성의 눈길이라 믿고 그 정직한 위무에 호응하기로 했다.

〈세드나〉 모임의 세 번째 사화집은 구성원들의 합의에 따라〈시에 있어서 미란 무엇인가?〉라는 주제 아래 글과 시작품을 모으기로 했다. 이번 주제는 한국시가 정면으로 맞이해야 할 숙제라는 것이 우리들의 의견이었다.

　시초는 한번뿐이기 때문에 되풀이 되지 않는다. 그러나 시초는 근원적으로 다시 시작될 때 참된 시초가 되는 역설이다. 〈세드나〉 제3집의 은빛 목소리는 우리들이 항구도시 부산을 대상으로 한 것이 아니라 우리들 바깥의 시공간 전역을 대상으로 한 것이며, 시간적으로 미래를 상대로 한 자각의 목소리다. 그것은 우리들 각자가 저마다 자신의 인격을 걸고 시를 쓰는 자세를 확인하는 절차다. 릴케는 새의 둥지를 몸 바깥의 태라 말했지만, 우리들은 하필이면 엄동설한

연말의 하루를 택하여 우리들이 출발했던 광안리 바닷가 터전을 찾아 잠시 동안의 시의 둥지를 만들게 되었다. 표류하면서도 서로 체온을 나누는 시의 둥지. 우리들은 주변인이다.

2014년 6월

허만하

차례

허만하

시_ 노을 앞에서

　　　론다니니의 피에타

산문_ 시에 있어서 美란 무엇인가

1957년《문화예술》로 등단

시집《해초》《비는 수직으로 서서 죽는다》

《물은 목마름 쪽으로 흐른다》《야생의 꽃》

《바다의 성분》등

시론집《시의 근원을 찾아서》.

이산문학상, 박목월문학상 등 수상.

노을앞에서

가슴으로 받아들이는 것과, 가슴으로 받아들이지 못하는 것, 표현할 수 있는 것과 표현할 수 없는 것, 그것이 나의 전부다.

론다니니의 피에타

아흔두 살 미켈란젤로의 여윈 손 떠나 대리석 내부를 흘러내리는 최후의 망치와 징 소리 싸락눈 내리는 소리처럼 멀리 들리는 실내.

식어가는 아들 몸무게를 눈사태처럼 버티고 서있는 어미 발꿈치의 힘 똑똑히 보인다. 두 몸무게 서로 지탱하는 힘이 교차하는 발목은 아직 캄캄한 돌덩이 안에 묻혀 있다. 쓰러지는 아이를 모래처럼 무너지면서 떠받치는 어미의 슬픔, 이마까지 내린 두건으로 감추지 못한 채. 삶과 죽음이 직립하여 서로를 기대는 완벽한 평형. 예술은 사랑처럼 언제나 미완이다.

뒤돌아본 밀라노 거리는 반바지차림의 억센 악센트였다.

시에 있어서 美란 무엇인가

1

시는 인식이다. 시와 대상의 관계는 직관의 관계가 아닌 표현의 관계다. 시인으로서의 나는 직관과 사유의 경계에 선다.

논리적 언어가 개념에 대응하는 것이라면, 시적 언어는 먼저 감정의 표현에 대응한다. 다시 시적 언어는 지성의 표현에 대응한다. 시적 언어는 논리와 비논리의 틈새를 비집고 들어 그곳에 시의 영토를 확보한다. 시적 언어는 단일한 인간 정신작용에 봉사하지 않는다. 시적 언어는 표현의 상투성에 저항하는 일을 사명으로 한다. 표현하는 자아를 자각하는 일이 시 쓰기의 기본이다. 시는 개인 앞에 트이는 새로운 세계다. 시는 일반화 될 수 없는 실존적 가치다. 시론은 살아 있는 시를 훼손한다. 그 훼손은 새로운 시를 정립하는 전제 아래서 허용된다.

시를 향하는 구심적인 언어는 궁극적으로 감성=지성의 경지에 이르고 만다. 시적 언어는 표현의 상투성에 저항하는 일을 자각하는 신선한 언어다. 시적인 언어야말로 모든 언술이 품고 있는 창조성을 최대한으로 펼치는 것이다, 이러한 말의 중심적인 작용은, 현재 〈있는〉 세계와 함께 더 근원적인 〈있을 수 있는〉 세계 앞에 선다. 시의 기능은 그곳에 살고 있는 내가 스스로의 가장 고유한 상상력을 발휘할 수 있는 세계를 텍스트 세계로 산출하는 데(poiesis) 있다. 따라서 말의 창조성 그 자체가 〈시적〉이라 불리는 데 어울리는 것이다(리쾨르). 리쾨르는 언어의 근원적인 존재 방식을 〈시적〉이란 용어로 나타낸다.

나는 어느 날 낙동강 하구에 서서 우루과이 태생의 프랑스 시인 슈페르비엘Jules Supervirlle(1884-1960)의 시 구절을 상기한다.

> 수원水源과 바다를 동시에 사는 강처럼
> 나는 나의 생을 꿈꾸기도 하지
> 산, 평야, 최후의 해안 사이를
> 한 순간도 나를 고정하지 못한 채

"원천은 강과 그것의 바다에의 유입이 체험되고 있을 때, 처음으로 원천으로 드러나는 것이다. 따라서 원천에의 걸음은 강의 통상의 흐름과는 반대 방향에 있는 원천에의 소급이다." 이것이 횔덜린의 〈회상Andenken〉의 일절에 대한 하이데거의 설명이다. 횔덜린의 회상은 〈오려고 하는 것에 대한 회상Das Denken an das Kommende〉이 〈있었던 것에 대한 회상Das Denken an das Gewesene〉일 수 있는 〈양의적 회상zwei-deutige Andenken〉이다. 나는 이러한 배경을 거느리고 시를 "한 번도 본 적 없는 풍경에 대한 그리움"이라 말했다(《물은 목마름 쪽으로 흐른다》의 권두). 근원을 향한 걸음은 먼저 근원에서 멀어지지 않으면 안 된다. 근원(기억)은 스스로를 숨김(망각)으로서 드러나는 것이다. 그것은 눈에 보이는 것이 눈에 보이지 않는 내부에 자리바꿈하여, 눈에 보이는 모습으로 나타나는 것이다. 이러한 변신을 이룩하는 터전이, 과거, 미래, 현재를 한 순간에 잡는 데서 태어나는 무시간의 시적 공간이다.

이러한 무시간화는 음성언어를 기호화할 때 나타난다. 시는 기호권에 비치는 〈생각ㆍ노래〉다. 로고스(=언어, 어휘와 문법)는 목소리를 의미화한다. 즉, 목소리를 기호화(=무시간화)한다. 로고스의 본질은 의미화=기호화하는 일이다. 목소리는 로고스의 울타리 밖에 있다. 목소리가 로고스화 할 때는 벌써 목소리는 그곳을 떠나 있다. 의미는 이 세상에 없는 것이다. 의미는 기호화에 의하여 비로소 태어난다.

2

미적 인식은 개념 또는 기호의 매개 없이 이루어진다. 이 감성적 인식은 오성적 인식(사물을 객관적ㆍ이론적으로 인식하는 능력)과 구상력(이미지와 관념을 서로 결합하는 능력)이 서로 작용하면서도, 전체로서는 하나의 패턴에 안정하는 인식의 양식이다. 여기에서〈미〉의 지각이 발생한다. 그러나 시인들이 관계하는 〈미〉는 이런 일반적인 차원과 다른 조건을 갖는다. 시작품의 말은 의미의 단순한 지시기호가 아닌, 지각적 질을 가지는 것이다. 즉, 말은 고유한 울림과 무게와, 반짝임을 가진 감각적 대상(감각적 사영射影면의 중첩)이기도 한 것이다. 내가 다루어야 할 오늘의 과제는 이런 이중적 얽힘에 초점을 두는 어려움이다.

감성학으로서의 미학의 뿌리는 바움가르텐A.G. Baumgarten의 《에스테티카aesthetica》에서 찾을 수 있다. 이 저서를 통해서, 미학은 초월적인 미가 아닌 감성의 학문으로 출발할 수 있었다. 감성학의 성립은 감성이 부정적인 것이 아닌 합리적인 것으로 받아들여지는 바탕을 마련하였다. '감성적 인식의 완전성'이란 바움가르텐의 미의 정의도 이런 바탕 위에서 이루어질 수 있었다.

미는 정신에서 태어난다는 헤겔의 사상은, 미의 근거를 구상력과 오성의 조화에서 찾은 칸트의 사상을 보다 더 적극적으로 주체의 창조성을 강조하는 입장에서 수용한 것이라 할 수 있다. 이러한 흐름은 필연적으로 미를 예술의 소산이라 보고 미학에서 자연미를 배제하는 경향에 이어진다. 셸링F.W. J. Schelling(1775-1864)은 오로지 예술의 높은 가치를 말하고, 슐레겔F. Schlegel(1772-1845)은 자연미의 성립은 예술의 발전을 기다려야 한다고 말했다. 이런 경향은 로망주의 사상에서 결정적인 것이 된다.

훌륭한 예술은 창조의 자유를 생명으로 하고 끊임없이 예술가 고유의 랑그를 생산하는 일이기 때문에, 코드적 구속력을 가지지 않는 자유롭게 창조된 랑그는 벌써 랑그가 아닌 것을 말할 것이다. 파롤적인 것의 우위를 말할 것이다. 파롤적인 것의 우위는 개념적 의미에 대한 감각적 · 정감적 질의 우위에 이어질 것이다.

"미에 대한 과학은 존재하지 않고 (…) 단지 미적 예술이 있을 뿐이다"(칸트, 《판단력 비판》)라는 언표와 "예술의 영역에서는 개념으로 좋은 작업이 이루어지는 일이 없다. 예술에 있어서 개념은 언제나 불모다"(쇼펜하우어, 《의지와 표상으로서의 세계》)란 선행자들의 연구 성과를 반성적으로 참고하며 그 미래를 살피는 것이 시적 언어의 미를 잡는 숙제에 기여할 것이다.

릴케가 〈미〉라는 말로 생각하는 것은 개성적이며 특이하다. 그는 〈로댕〉이란 연제의 강연에서(1805년 10월 14~16일 이 강연 준비를 한다) "누가 도대체 미가 어떤 것인가를 알고 있을까. 사람들은 단지 닮은 것을 만들려고 했을 뿐이다. 그 사물 가운데서 자기들이 사랑하고 있는 것, 이해하기 힘든 어떤 것이 재현되어 있는 것을 볼 수 있는 사물들을 바랐을 뿐이다. 사물이 사물로 있는 것을 깨닫는 것과 같은 순간, 우리들이 생각지도 않았던 미가 이 사물 위에, 거의 이 사물의 의지에 반하여, 찾아오는 것이다. 이런 순간이란 사물이 다시 그 자신의 생명에 돌아가려 하는 순간이며, 사물의 생명에 접촉하는 생각지도 못했던 아름다움에 우리들이 놀라는 일인 것이다"라 말했다. 릴케에게 미는 언제나 다른 곳에서 찾아오는 어떤 것이다. 릴케에게 미는 우리들을 겁나게 하면서 동시에 우리를 매혹하는 두 측면을 가진 압도적인 힘이다.

내가 울부짖은들 천사들 반열 가운데의

그 누가 그것을 들으랴? 설사 한 천사가 느닷없이

나를 끌어안아 가슴에 품어 준들 나는

그의 보다 강한 존재 때문에 사라질 것이다. 왜냐하면 아름다움
이란

무서움의 단서, 우리들이 간신히 견디는 무서움의 단서에 다름
아니기 때문.

우리가 아름다운 것을 이렇듯 찬탄하는 것은 그것이 싸늘하게

우리들 파멸을 물리치기 때문이다. 천사는 오직 무서운 것이다.

—《제1비가》 필자 번역

릴케가 로댕과 함께 샤르트르Chartres의 대성당을 찾았던 것은
1906년 1월 25일의 일이다. 이때 로댕은 "위대한 건축 옆에는 언제
나 바람이 인다"고 말했었다. 내가 이 자리를 찾아서 보스 평야를 지
나는 겨울 바람에 흩날리는 두 사람의 백 년 전 대화를 떠올리며, 앞
가슴에 해시계를 안고 성당 남쪽 벽 구석에 서 있는 〈해시계의 천사〉
를 바라보았던 것은, 벌써 삼십 몇 년 전, 1979년 6월18일 바람 없이
맑은 날이었다. 나는 릴케의 시를 낳았던 그 조각에서 머뭇거림 같
은 부자연성을 느끼며, 가슴의 해시계와 무관히 이승을 사는 주체를
빼고는 시간은 존재하지 않는다는 엉뚱한 무시간성을 생각했다.

철학은 언제나 "객관주의와의 결렬이며, 구성된 것으로부터 체험

으로의 우리들 자신에의 귀환"(《시뉴Signes》, 1960)이라는 메를로 퐁티의 언어철학의 핵심은 객체적 대상으로서의 언어에서 《파롤의 주체 subjet parlant》로서의 언어에의 귀환이었다. 살아있는 언어 활동을 지탱하는 기본적 구조는 파롤이란 행위에 의한 말의 선택과 배열을 통하여 말과 말 사이에 얼비치는 의미적인 것이라는 구조를 말한다.

헤겔은 언어의 미를 그의 절대정신의 표현으로 읽으며, 미를 '이념의 감각적 현현das sinnliche Sheinen der Idee' 이라 정의한다. 미를 실현하는 예술을 통하여, 유한한 존재인 인간이 그 유한성을 넘어선 세계에 참가한다는 것이다. 그에 있어서는, 예술은 종교, 철학과 함께 〈절대정신〉의 영역에 터를 잡는다. 헤겔의 《미학》은 그의 철학 전체가 그러하다시피 신학적 성격을 가진다. 감성화된 이념으로서의 미의 파악은 셸링의 절대자의 직관으로서의 미적 직관에 그 원형을 가진다. 헤겔은 칸트의 인식론에서 미의 자율성을 받아들이고 이에 셸링의 절대적 관념론에서 미와 예술의 존재론적 근거를 받아들여 그의 체계를 이룩한 것이라 요약할 수 있을 것 같다.

칸트는 그가 말하는 미적 이념aestherishe Idee은 어떠한 개념으로도 충분히 적합할 수 없는 구상력의 표상(구상력의 직관)을 지시하는 것으로 보고 예술을 미적 이념의 표현이라 파악한다. 이러한 바탕 위에서 그는 언어행동에 있어서 표현의 구성계기와의 아날로지에 따라 예술을 언어예술, 조형예술, 감각의 미적 유희의 예술(음악과 색채 예술)의 3종으로 분류한다(《판단력 비판》, 51절).

"칸트와 헤겔이 미적인 것의 고찰을 자신의 체계 안에 짜 넣으려한 것은 그들이 예술과 미를 사랑해서가 아니라, 오히려 철학 중심으로 생각하는 자기 본위적인 이성에 부추김을 받아서이다"라는 지적은, 저자 사후에 간행된《미적 이데올로기Aesthetic Ideology》(Paul de Man, 1996)의 〈지시 적용의 알레고리〉라는 서문을 쓴 와르민스키 Andrzej Warminsky의 요약이다. 드 만은 〈칸트와 실러〉라는 한 강연에서 다음과 같은 말을 하고 있다.

> 우리들은 모두 실러주의자이며 칸트주의자는 벌써 한 사람도 없다. 이와 같은 패러다임(어떤 사상이 수용될 때 그곳에 본래 갖추어져 있던 참된 비판의 원동력이 둔화되어버리는 일)의 구체적인 예와, 그 역의 경우(선행자에 의한 이데올로기화)를 후계자가 〈탈실러화〉 내지 〈탈칸트화〉하는 경우의 구체를 들고 있다. 〈니체 / 하이데거〉가 아마 전자 예의 하나가 될 것이고, 〈쇼펜하우어 / 니체〉, 또는 〈하이데거 / 데리다〉가 후자의 예가 될 것이다. 아무튼 실러는 칸트를 이데올로기화함으로써 미적인 것이라는 철학적 카테고리를 – 카테고리인 이상 그것은 비판 가능한 것이지만 찬부를 말할 수 없는 것인데도--, 하나의 가치 있는 것으로 바꾸어 버린 것이 된다.

시인에 역사성이 있다면 그것은 아마 칸트가 〈모방Nachahamung〉과 구별하여 들고 있는 〈후계nachfolge〉(〈모범muster〉)로서, 반성적으로 과거를 폐기하여 미래를 여는 일이 될 것이다. 이런 과제를 염두에 두고 나는 우선 한 사람의 철학자와 한 사람의 시인의 작업을 살펴보기로 한다. 그들은 서로 시대와 모어를 달리하며 이질적인 문화영역에서 일했으나, 언어의 성질 또는 미학에 적극적인 관심을 가졌던 공통점을 가진다. 니체Feiedrich Nietzsche(1844-1900)와 르네 샤르Rene Char(1907-1988)가 그들이다.

19세기에 활약하고 20세기에 영향을 미치고 있는 철학자 가운데서 니체만큼 미학에 역동적인 영향을 끼친 사상가를 찾기는 힘들다. 미학에 관한 그의 사유는 재래의 미학과는 달리, 구성과 표현에 있어서 실존적이다.

인간만이 아름답다. 인간 생명의 충일이야말로 미다. 인간만이 추하다. 인간 생명의 퇴락이 바로 추인 것이다. 이 두 명제가 미학의 경계표다(《우상의 황혼》).

그는 미·추의 기준을 생명의 충일·퇴락 문제로 생각한다. 저서로는 그의 처녀작이 되는 《비극의 탄생》(1872)에서 아폴로적인 것과 디오니소스적인 것의 대립을 이야기하고 있는 것은 주지의 사실이다.

아폴로는 빛의 신으로 인간에게 사물의 한계를 분명하게 하는 것, 즉 개체성의 원리를 해맑게 해가는 수호신이다. 따라서 그것은 시각적인 조형예술의 신이며, 또한 뚜렷한 의미의 한계를 지키는 언어예술의 신이기도 했다. 아폴로는 그 절도 있는 형상에 의하여 사람들에게 개체로서의 형태를 지키는 예술을 가능하게 한다. 아폴로의 원동력은 꿈이란 것이 니체의 주장이다. 꿈꾸는 일은 아폴로가 사람에게 고하는 가르침이란 해석이 따른다.

이에 대하여 디오니소스적인 예술은 꿈이 아닌 도취Rausch가 그 힘을 발휘하는 장면이다. 도취란 생의 고양과 힘의 충실이며, 또 그 고양과 충실의 감정이다. 따라서 도취란 한계와 한정을 내부에서 파괴해가는 힘이다. 그것은 가능적 충동에 충만한 것, 형태를 파괴하는 것, 니체의 말을 빌리면, 개체화의 주박을 분쇄하여 존재의 어머니들에게 돌아가는 길이다. 따라서 디오니소스적 예술이란 사물의 가장 깊은 핵심에 이르는 길을 개척해가는 영위다. 그것은 생에의 의지이고 생성의 미래를 즐거워하는 영위다. 그것은 음악의 힘에 의하여 가장 효과적으로 나타나는 것이 된다. 이 두 예술을 통합한 것이 아티카의 비극이라 니체는 결론짓는다. 이 저서에서 니체는 벌써 논리의 세계를 넘어선 시인의 모습을 엿보여준다. 그의 이 논문은 자극적 생산성으로 차 있다. 앞에서 시를 아폴로적이라 말했던 것은 그 무렵 서사시를 지칭한 것 같으며, 서정시는 음악, 무용과 함께 디오니소스적 예술이라 할 수 있다. 이 아폴로적 성격은 디오니소스적이란 개념에 대립하는 것만이 아니라, 니체가 싫어했던 소크라테스적 개념에 비판적으로 대립하기도 한다.

이 두 성격을 공간예술과 시간예술에 연결하여, 공간적 조형예술을 아폴로적 예술이라 하고, 시간적 예술을 디오니소스적 예술이라 정리하기도 한다.《비극의 탄생》을 쓸 무렵의 니체의 시점에 선다면, 공간예술은 세계를 정지시킨 고체 안에 가두어 우리들에게 제시하는 것이 되고, 시간예술은 역동성 운동 그 자체의 상징이 될 수 있다. 하이데거가 아니더라도 생의 본질이 시간성에 있다고 보면, 공간예술보다도 시간예술이 생의 본질에 더 가깝게 될 것이다. 언어예술을 아폴로적인 것으로 다루었다면, 인간의 실존을 다루는 데는 적합하지 못할 것이란 의문이 제기되기 마련이다. 헤겔의 언어학에 반기를 들어 살아 있는 언어에 관심을 가졌던 니체의 고뇌와 방황을 나는 〈니체의 언어론〉이란 제목의 권두 시론으로《서정과 현실》(2014 상반기, 제22호)에서 다룰 수 있었다. 예술을 아폴로적 성격과 디오니소스적 성질로 분류하는 니체의 양극성은 절대적 분리로 읽기보다도 우리들이 아직 파악하지 못한 차원의 상호관련을 말하고 있는 것으로 해석할 수 있을 것이다. 유클리드 기하학의 한계를 말브로의 프랙탈 기하학이 극복하는 것과 같은, 차원의 전환을 기대할 수 있는 분야라고 나는 생각한다.

지중해의 해맑은 물빛과 눈부신 햇빛 안에서 태어난, 명랑하고 낙천적인 그리스 문화의 배경에 디오니소스적인 어둠의 힘이 숨어 있는 것을 발견한 젊은 니체의 형형한 눈빛을 그려보며 문화란 것이 모순을 중심으로 형성되는 불가사의한 실체란 생각을 수긍할 수밖에 없을 것 같다.《비극의 탄생》을 상재하기 2년 전인 1870년 1월말과 2월15일이란 두 날짜를 가지고 있는 한 편지(친구 엘빈 로데 앞)에서 니체는 "과학과 철학을 통합한 예술의 성찰로서의 미학"을 예감하고 있다는 사실을 기별하고 있다. 우리가 접하는 《비극의 탄생》은 이런 구상의 현실화인 것이다.

3

　독일의 한 철학자로 하여금 《카라마조프의 형제》를 50회나 읽게한 도스토예프스키의 힘은 디오니소스적인 어둠에서 솟아오르는 혼의 광망을 생각나게 한다. 신神의 문제를 물고 늘어진 도스토예프스키는 《백치》에서 뮈시킨 공작의 입을 빌려 다음과 같이 말하고 있다.

　　세계를 구하는 것은 미다.

　이 한 구절이 《백치》의 다른 언술처럼 세월에 묻혀버리지 않고 오늘까지 생명력을 가지고 살아남게 된 것은 러시아의 솔제니친A. I. Solzhnitsyn(1918-2008)이 1970년 노벨 문학상 수상식 단상에서 도스토예프스키의 이 아포리즘을 인용하며, 진眞도, 선善도, 그 무력함을 드러낸 현대에 있어서, 〈미〉와 예술이 그들 역할을 대행할 수 있다는 요지의 강연을 하고부터인 것 같다. 본인이 출국할 수 없어서 노벨 위원회에서 읽었던 그 연설에서 얼어붙어 있는 심장을 녹일 수 있는 힘을 가진 것은 〈미〉(예술)라 말했던 대목은 인상적이었다.

감성적인 것을 매개로 하여 이루어지는 예술과 시의 제작에 있어서 우리들이 현실에서 인식할 수 있는 것은 필연적으로 제한된 것일 수밖에 없다. 이러한 한계에 대한 반성이 깃들어 있는 실러의 말은 다음과 같다.

> 미의 동문을 통하여 처음으로 그대는 인식의 나라에 들어섰다. 오성은 감성적 매력 아래서 수련하여, 한층 높은 광휘에 익숙해진다.

1790년대 남부 독일 슈바벤의 대학촌 튀빙겐의 신학 기숙사에서 헤겔, 횔덜린, 셸링은 같은 방을 쓰고 있었다. 1796년경 이러한 세 사람의 진한 교우관계에서 두 페이지에 미달하는 미완의 텍스트가 태어난다. 이 초고의 발견자 로젠츠바이크는 이 초고에 〈독일 관념론 최고의 체계계획〉(1796년 또는 1797년)이란 타이틀을 부쳐 발표한다. 이 원고의 작성자가 세 사람 가운데의 누군지는 아직 발표되어 있지 않다. 이들이 선언하는 바에 의하면, "모든 이념을 포괄하는 이념의 최고행위는 미적 행위이며 진도 선도 미에 있어서만 결합된다"는 것이다. 철학자는 무엇보다도 "시인과 같은 미적 능력을 가지지 않으면 안 되며", 시야말로 '인류의 교사'가 되는 것이며, 이 프로그램에 있어서는 "벌써 철학도 역사도 존재하지 않으며, 단지 시 예술만이 다른 모든 학술을 넘어서서 살아남는다"고 단언되어 있다.

모든 학문의 구별을 철폐하여 통합하여 제1원리의 위치에 미=시예술을 두는 이 생각은《칼리아스 편지》(1792) 및《인간의 미적 교육에 관한 편지》(1795)의 실러 이래 명확한 모습을 취하기 시작하여《휘페리온》(1797~1799)의 횔덜린,《초원론적 관념론의 체계》(1800)의 셸링 등에 있어서 고도의 표현을 보인다. 〈미〉로서 인간 정신활동의 여러 분야를 포괄하려는 운동은 현대에 이르기까지 단속적으로 되풀이 되고 있다. 위에서 이야기한 도스토예프스키의 미에 대한 사상도 이러한 움직임의 표현이라 말할 수 있다.

4

하이데거는 만년에《레루스 수첩》샤르 특집호에 〈사유 안에서〉라는 8편의 시를 발표하고 있다. 그 가운데 〈신호〉라는 작품은 하이데거 70세 탄생 기념논문집 청탁에 따라 시를 기고한 샤르의 시에 대한 응답이라 생각되고 있다.

> 계산하는 사람들은 점점 억지스럽게 되고
> 사회는 점점 절도를 잃는다
> 사색하는 사람들은 점점 드물어지고
> 시 쓰는 사람들은 점점 외로워진다
> 이해하는 사람들은 점점 괴로움을 당하고
> 아득히 먼 곳 축포의 신호를 예감하면서도

하이데거가 적국 프랑스의 시인 샤르를 만났던 것은 전쟁이 끝난 지 10년이 지난 1955년 8월 무렵 장 보프레Jean Baufret(《휴머니즘에 대한 편지》, 1947년의 수신인)의 소개로 파리에서였다. 샤르와 함께 브라크의 아틀리에를 방문하는 등 두 사람의 교류는 하이데거의 몰년(1976년)까지 계속되었다. 하이데거의 브라크의 회화에 대한 에세이 〈르네 샤르에게〉를 집필한 것은 1962년 봄이었다. 그리스 여행을 5회에 걸쳐 시행한 이 무렵 하이데거는 프랑스의 현대 예술가에 대해서 새로 눈을 뜬 것 같다. 그는 1972년 〈살아 있는 랭보〉란 에세이를 발표하고 있다. 이 글을 위하여 샤르에게 의문점을 묻기도 하며 자상한 준비를 하고 있다. 하이데거의 샤르에 대한 질문은 랭보의 〈견자의 편지〉(폴 도메니 수신, 1871년 5월 15일)에 나오는 "시는 벌써 행동에 리듬을 부치는 것이 아닐 것입니다. 시는 선두에 서는 것이 될 것입니다La poesie ne rythmera plus laction. Elle sera en avant"란 문장의 해석에 관한 것이었다. 샤르 대담의 요지는 다음과 같다.

항상 자신의 정당화에 서명하고, 자신의 생존을 닫는 지점에의 길 위에 있는, 모든 객체적인 포에지의 운동 그 안에서 만들어 내어지는 의미를 고려하지 않으면, 이 문구에는 여러 가지 '좁은' 의미가 생각될지 모른다는 단서를 먼저 내세운 끝에 14가지 정도의 '좁은' 의미를 답해 보이고 있다. 하이데거의 랭보론인 〈살아 있는 랭보〉가 발표된 것은 1972년의 일이지만, 나는 아직 이 에세이를 읽지 못하고 있다.

시인 샤르의 진가가 인식된 것은 나치 점령에서 프랑스의 해방이 이루어진 1945년 이후의 일이다. 나치 점령 시대에는 샤르는 일절 시의 발표를 거절하고. 남부 프랑스에서 알렉산도르 대장이란 변명으로 레지스탕스의 우두머리로 무기를 들고 싸웠던 강직한 시인으로서의 행동이 해방 후의 프랑스에서 조명을 받게 된 사실을 들 수 있다. 1944년 4월 그는 임무 수행 중 부상하여 팔의 골절과 두부와 척추의 손상을 입는다. 6월에 북아프리카 동맹군 참모사령부에 호출되어 본토 상륙을 위한 낙하산 부대의 책임자로 임명된다. 이런 그는, 그 사이 남몰래, 나중에 레지스탕스 문학의 백미로 손꼽히게 되는《이프노스의 수첩》에 수록될 시를 집필하고 있었다. 대원들은 알렉산도르 대장이 시인인 줄 몰랐다 한다. 8월에 파리가 해방되고 1946년 4월 카뮈가 감수하는 갈리마르의《희망》총서로서《이프노스의 수첩》이란 제목으로 그의 시집이 발행된다. 카뮈는 그를 "아폴리네르 이후의 최고의 현대 시인"이라 불렀다. 이러한 경력보다도, 문학계는 모리스 블랑쇼Maurice Blanchot(1907-2003)의 저서《르네 샤르》(1948)의 임팩트를 더 중요시한다. 블랑쇼의 이 저서는 그 후의 많은 샤르론을 묶어두는 텍스트가 되었다.《문학의 공간》(1955)으로 이름 높은 블랑쇼의 응축된 필치로 그려낸 샤르의 이미지를 살펴본다.

르네 샤르의 위대함의 하나. 그 일 때문에 이 시대에 필적할 수 없는 위대성은, 그의 시가 포에지의 계시, 포에지의 포에지이고, 마치 하이데거가 횔덜린에 대해서 거의 같은 말을 하고 있듯, 시의 본질의 시란 사실이다. 《임자 없는 망치》에 있어서도 《다만 뒤에 남는 것은》에 있어서도, 시적 표현이 포에지 자체의 앞에 두어지고, 포에지를 찾는 말을 통하여, 그 본질에 있어서 보이는 것으로 되는 포에지인 것이다.

실제로 샤르의 시와 아포리즘 풍의 시구의 4분의 3 이상이 오직 포에지(그리고 포에지에 구현되는 미－강조 필자)를 주제로 삼고, 은유의 형식 또는 직접적인 포에지, 시작품, 시인, 시 쓰기에 대해서 말하고 있는 메타포엠인 것은 거의 자명의 사실이다. 이 무렵 블랑쇼의 시 론은 독특한 것이어서, 그 주장은 우선 낱낱의 시작품은 그 작자인 시인을 선행하며 우선한다는 것이었다.

> 시인poete은 그가 지어내는 시poeme에 의하여 태어난다. 시인은 그가 지어낸 것 쪽에서 보면 이의적二意的이며, 그가 이끌어낸 세 계보다도 뒤에 온다. (…) 시는 시인의 작품, 시인의 실존의 가장 참 된 운동이기는 하지만, 시는 대지의 밑바닥의 어둠과, 사물을 창건 하고 정당화하는 보편적인 빛과 결합하는 상위의 의식 안에서 시 인을 존재하게 하는 것, 시인 없이, 시인 이전에 존재하게 되어 있 는 것이다.

그의 《방화지대》에 수록되어 있는 그의 횔덜린론에서 "시인은 시 의 때를 예감하는 경우에만 존재한다. 시인은 시를 창조하는 힘인 데 불구하고 그 시에 대해서는 양의적이다. (…) 왜 시인이 예감하고 그

예감의 양식에 있어서 존재할 수 있는가. 그것은 시인 앞에 이미 시가 존재하기 때문이다"라 말하고 있다. 그 앞에 수록한 샤르론에서는 한걸음 더 나가서 "시는 시인의 진실이며 시인은 시의 가능성이다"고 말한다.

시인은 어떤 시를 완성하면 일단 사라지고, 새로운 시를 쓸 때마다 시인으로 재생한다고 읽을 수 있는 표현이다. 샤르 자신은 "포에지에 있어서 사람은 사라지는 장소에서만 살고, 그곳에서 물러나는 작품만을 쓰고, 시간을 파괴하는 일만으로 지속을 획득한다"고 말한 바 있다. 블랑쇼는 오직 시, 시작품의 우선성, 선행성을 주장해마지 않는 샤르 론에서 예외적으로 〈공동의 현전〉 1절을 인용하고 있다.

너는 서둘러 쓰고 있다

마치 생에 뒤진 것처럼 그렇다면

너의 원천에서 열을 지어라

서둘러라

서둘러 전하라 너의 놀람, 반역, 자비의 부분을

실제 너는 생에 늦어 있다.

표현하기 힘든 생

종국에 네가 결합하기를 받아들이는 단 하나의 생

날마다 사람들과 사물에 의하여 너에게 거절당하고

가차 없는 싸움 끝에

간신히 네가 살이 빠진 조각을 여기저기서 손에 넣는 생에

그 생의 바깥에서는 모든 것이 유순한 고민, 보잘 것 없는 최후

에 불과하다

블랑쇼가 인용하고 있는 것은 〈표현하기 힘든 생〉이하 6행이지만, 그는 아마 '너의 원천'을 그가 말하는 '상위의 의식' '절대적인 시적 의식'과, 〈표현하기 힘든 생〉〈유일의 생〉 기타에서 쓰고 있는 "생vie을 시로 해석하여" 시는 결코 현전하지 않고, 언제나 손 밑에나 저쪽에 있다. 시가 우리들을 달아나는 것은 시가 우리들의 현전이기보다 오히려 부재이기 때문이며, 시가 먼저 공백을 만들어내며, "그것을 나타내는 것을 끊임없이 나타내지 못하는 것에, 말하는 것을 말할 수 없는 것으로 바꾸기 때문이다"고 해설하고 있다.

보들레르는 〈미의 찬가〉에서 "깊고 깊은 밤에서 온 것인가 나락의 밑바닥에서 나타난 것인가 / 오오 〈미〉여, 너의 눈길은 지옥의 것인가 신의 것인가"라고 그의 〈미〉를 인격화하고 있다. 르네 샤르도 미, 진, 선 그리고 자유를 이인칭으로 부르고 있다. 미에 관한 긴 작품의 첫머리만을 잘라내는 무모함을 감행하며, 〈미〉를 부르는 그의 어법을 살펴본다.

너는 정말 오랜 나의 사랑

정말 많은 예상을 앞에 둔 나의 어지러움

아무것도 이 어지러움을 늦게 하거나 식게 할 수 없다

우리들 죽음을 기다리고 있던 것

또는 천천히 우리를 때려눕히는 것까지도

우리들에겐 인연이 없는 것

그리고 나의 쇠퇴와 곡절마저도.

회양목 덧창처럼 갇힌

긴밀한 궁극의 행운이야말로

우리들의 산맥

우리를 압박하는 장려함.

　알베르 카뮈는 〈르네 샤르〉라는 글에서 "샤르는 이 시대에 살고 있는 최고의 시인이며, 《격정과 신비》(샤르의 종합시집, 1948년 9월)는 《일뤼미나시옹》과 《알콜》 이래 프랑스 시가 만들어낸 가장 놀라운 작품이다"고 말했다. 그 이유로 프랑스 시에서 자취를 감춘 지 오래인 "자유롭고도 무구한 바람"을 거느리고 온 점을 들고 그것을 '시적 혁명'이라까지 부르고 있다. 이 텍스트는 파울 첼란, 요하네스 휘브너가 번역한 독일어판 《샤르 시집》의 서문으로 기고한 것이다. 1958년에 집필되고 그 다음해, 그가 죽기 한 해 전(1959년)에 발표된 것이다. 이 글에서 카뮈는 다음과 같이 말하고 있다.

　샤르는 정당하게도 전소크라테스파의 그리스의 비극적인 낙관주의를 인수하려 한다. 엠페도클레스에서 니체까지, 정점에서 정점으로 어떤 비밀이 전달되었지만, 긴 쇠퇴 뒤에, 샤르는 그 엄격하고도 희귀한 전통을 이어받고 있다. 에토나 산의 불이 그가 지탱하기 어려운 표현의 얼마간을 밑에서 연기를 내고 있으며, 실스 마리아의 완벽한 바람이 그의 시를 관개하고, 신선하고도 시끄러운 소리를 울린다. 이곳에서는 샤르가 '눈물이 철철 넘치는 눈을 한 지혜' 라 부르는 것이, 바로 우리들의 재앙과 동일선상에 다시 살아있는 것이다.

'눈물이 철철 넘치는 눈의 지혜' 는 라스코 벽화를 소제로 한, 샤르의 시 〈이름 지을 수 없는 야수〉의 끝 구절에 나오는 표현으로 '시작始作의 언어'의 상징으로 블랑쇼는 읽고 있다. '최초의 날' 의 시작의 힘을 노래하는 시원의 언어, 신탁神託의 언어처럼 무엇을 명하지도 않고, 무엇을 강요하지도 않고, 말조차 하지 않는, 그러나 그 침묵을 절대적인 미지 쪽으로 고정된 손가락으로 하는 말이라는 것이다.

카뮈가 그의 《반항적 인간》 집필 과정에서 샤르의 조언을 얻었던 것은 알려져 있는 사실이다. 샤르는 카뮈의 타이프 원고를 먼저 받아 읽었다. 그 때문인지 이 책의 헌사에 " 나는 우리들의 것이 되기를 바라고, 당신 없이는 결코 희망의 책이 될 수 없었던 이 책의 최초의 상태를 친애하는 르네에게" 라 적고 있다.

카뮈가 니힐리즘이라 단정하는 혁명적 공산주의에 대해서, 인간성의 한계를 넘지 않고, 역으로 인간성을 재구성하여 재생시킨다는 〈반항의 논리〉를 대치하는 《반항적 인간》의 제5장 대낮의 사상에 다음과 같은 텍스트를 남기고 있다. "승인된 무지, 광신주의의 거부, 세계와 인간의 한계, 사랑하는 얼굴, 그리고 미, 이것이야 말로 우리들이 그리스인에 합류하는 진영이다. (…) 다시 한 번, 어둠의 철학은 눈부신 바다 위에서 바람에 쓸려 갈 것이다. 오오 대낮의 사상이여!"에 따르는 종결 부위에서다.

그리스인이 절망과 비극의 관념을 지어낸 것은 항상 미와 미가 가지는 압도적인 것을 통해서다. 그것은 절정에 이르는 비극인 것이다. 그런데도 현대적인 정신은 추함과 범용에서 출발하여 스스로 한탄의 씨앗을 만들어 내고 있다. 아마 이것이 샤르가 말하고 싶었던 것이었을 것이다. 그리스인에 대해서, 미는 출발점에 있다. 유럽인에 대해서 미는 거의 도달할 수 없는 목적인 것이다. 나는 현대인이 아니다.

냉전 시대 초기의 이데올로기적 대립이 혹심했던 그 무렵 파리의 분위기를 배경으로 읽는 이제야, 거의 〈미〉와 밀착해 있는 이 글의 진의를 나는 읽는다. 1956년 여름, 몹시 무더웠던 대구에서 나왔던 《시와 비평》(창간 동인 세 사람이 편집위원이었다. 나는 창간 동인이었다) 제2집에 〈카뮈 샤르트르 논쟁〉을 특집으로 실었던 때는 르네 샤르를 전혀 알지 못했다. 내 지적 시야는 그렇게 비좁고 답답한 것이었다. 지난 번 《시와 반시》 주최의 〈김춘수 시의 모더니티〉 세미나에 참가했을 때, 대구의 한 시인이 그 특집의 의미를 깨우쳐 주었다.

〈미〉에 대한 절대적인 신앙을 가졌던 특이한 시인 르네 샤르의 시에 대한 깨우침을 나는 일본의 프랑스문학자 니시나가 요시나리西永 良成(1944~) 교수의 저서《격정과 신비》(이와나미, 2006)를 통해서 얻을 수 있었다. 국내 문헌으로 이 글의 주제 (샤르와 언어의 미학)에 관련되는 심도 있는 자료를 찾지 못한 나의 태만을 반성하며, 이 분야 데이터를 접할 수 있기를 기대하며 이번 글쓰기를 진행한다. 이번 에세이의 제4부 집필의 상당 부분을 이 저서에 신세졌다. 미국의 대표적 현대시인 윌리암 카를로스 윌리암즈William Carlos Williams(1883-1963)는 샤르에 대해서 "르네 샤르, 당신은 모든 악을 바로잡는 미의 힘을 믿고 있는 시인이다. 나 또한 그렇게 믿고 있소Rrene Char / you are a poet who believes / in the power of beauty / to right all wrongs. / I believe it also"라는 헌사를 바치고 있다(Selected Poems of Rene Char. ed. by Mary Ann Caws and Jolas Tina, New Directions Publishing Co.1992).

5

동물이 자연에 묶여 생을 유지하는 데 비해서 인간은 자연(세계)을 의미 짓고 가치를 부여하며 질서화한다. 릴케의《제8 비가》허두는 이러한 상황에서 동물들 처지를 역으로 부러워하는 심정을 말하고 있다. 철학하기 위하여 동물이 되는 일, 그것은 들뢰즈의 역설이 아니다. 인간의 영역과 인간 외(동물, 식물, 물질)의 영역의 관계를 끊임없이 다시 생각하는 일은 들뢰즈 철학의 큰 모티브였다.

인간은 〈자연〉을 〈문화〉로 바꾼다. 이 과정에서 인간은 기호를 조
작하여 허구의 세계를 만든다. 인간은 기호를 사용하여 신체의 한계
를 넘어선다. 인간에게 가장 중요한 기호는 언어다. 언어의 주된 기
능은 전달을 목적으로 하는 실용적 기능이다. 근래에 이르러 새롭게
주목 받기에 이른 것은 언어의 미적 기능이다. 이 미적 기능은 시적
기능이라 일컬어지기도 한다. 이 비실용적 가치는 언어 그 자체를
고유한 가치를 가진 것으로 파악한다.

전자에 기존의 체제 안에서 말의 조작을 능률적으로 하는 수련
이 따른다면, 후자는 기존체제의 틀을 넘어서서 새로운 것을 분만
하는 창조적인 작용이 된다. 언어학에 있어서 기호란 말이 사실상
시니피앙(기호표현)을 지시하는 듯이 사용되는 것은 시니피앙이 우
리들에게 지각될 수 있는 대상인 데 반해서, 시니피에(언어 내용)은
우리 감각으로 지각할 수 없는 것이기 때문이다. 영어의 sense가
〈의미〉와 〈감각〉이란 두 어의를 가지는 것은 이러한 사태를 이해
하는 데 암시적이다.

그러나 시니피앙과과 시니피에는 비대칭적인 경우가 일반적이
다. 시니피앙이 시니피에에 비해서 우위에 서는 현저한 경우는 기호
의 사용이 미적 기능을 위해서 이루어지는 경우를 들 수 있다. 우리

가 이해하려 하는 미적 기능을 드러내기 위하여, 전달내용—메시지를 중심으로 몇 가지 경우를 생각한다. [1] 〈전달 내용〉에 대한 지향성이 중요한 요인이 되는 기능을 《지시 기능》이라 부른다. 보고문, 설명문은 이 기능이 중심이 된다. [2] 발신자에 대한 지향성을 특징으로 하는 기능을 《표출 기능》이라 부른다. 말하는 이의 감정, 기분을 나타내는 작용을 하는 경우다. 감탄문의 경우를 생각할 수 있다. [3] 수신자(듣는 이)에 대한 지향성을 특징으로 하는 기능을 《호소 기능》이라 부를 수 있다. 수신자에 하소연하여 상대를 움직이게 하려 하는 기능이 특징이 되는 명령문을 대표적인 사례로 생각할 수 있다. 마지막으로, [4] 메시지 그 자체에 지향성을 두는 경우를 생각해야 한다. 이 기능이 《미적 기능》이라 규정된다. 이 《미적 기능》은 앞에서 이야기한 세 기능을 통합하여 부르는 《실용 기능》에 대립하는 《비실용적 기능》이 된다. 메시지 그 자체에 지향성을 두는 태도는 메시지(언어)자체에 자립적인 가치를 부여하는(태어나게 하는) 자세다.

산파와는 다른 이 자세는 기호체계가 잠재적으로 가지고 있는 새로운 의미작용을 개시開示하는 일이 된다. 미켈란젤로가 대리석 안에 미리 숨어있는 모습을 자기는 징과 망치로 찾아낸다고 말한 것에 비유할 수 있는 일을 기호체계를 대상으로 시행하는 사람이 시인인 것이다. 블랑쇼가 샤르의 언어를 〈신탁의 언어〉라 부른 것은 샤르의 시적 언어가 《실용적 기능》을 벗어나 있는 독자성을 확보해 있는 특이한 언어란 사실을 지시하고 있는 것이다.

《미적 기능》은 필연적으로 기성의 코드를 넘어선 창조에 입회하는 것이다. 《최초의 언어》에 입회하는 시인은 영광이 아닌, 고난과 인적미답의 고독을 흐느낌으로 포옹하기 마련이다.

박대현

평론_ 시가 '나' 의 죽음을 불러오리라

: 나르시스의 후예들과 부정성의 미학 운동

문학평론가

저서 《헤르메스의 악몽》 《닿을 수 없는 혁명》

시가 '나'의 죽음을 불러오리라

– 나르시스의 후예들과 부정성의 미학 운동

1 미학과 '윤리의 심장부'

미美의 공동체는 가능한가. 답하기 어려운 문제임에 틀림없다. 칸트는 미를 주관적 보편성을 지닌 것이라고 말한 바 있다. 주관과 보편의 충돌에서 알 수 있듯 모순적인 이 규정은 미의 주관성을 타자에게도 강요함으로써 폭력적 보편화를 초래할 잠재성을 안고 있다. 더구나 아름다움이 '선善'이라는 믿음까지 더해지면 아름다움에 대한 판단은 더욱 권력투쟁이라는 정치 현실의 개입을 피할 수가 없다. 뿐만 아니라 눈을 감고 귀를 막고 살아가고 싶은 현실 속에서 순수한 미의 추구란 대개 무의미해지기 십상이다. 순수성과 초월성의 이면 속에서는 미의 공통감common sense을 둘러싼 쟁투의 장이 벌어지기 때문이다. 현실 초월의 순수한 '미'를 향유하는 일이란 현실 회피의 수단이거나 문화적 사치에 불과하다는 가열한 비판이 따라다니는 이유다. 스스로의 의도와 무관하게 미학은 정치적인 것의 운명을 껴안을 수밖에 없다. 바로 여기에 초월의 영역에 머물고자 할지라도 현실의 영역으로 하강할 수밖에 없는 미학의 곤경이 있다. 그래서 테리 이글턴이 보기에 미적인 것은 애초부터 양날을 가진 모순된 개념이다.[1]

현실을 해방하는 전복성으로서의 미는 지배이데올로기를 내면화하는 미와 충돌한다. 현실의 미 대부분은 이 두 가지 중 하나에 귀속된다. 미의 순수성은 분명 존재하지만 미가 초월의 영역에서 현실의 영역으로 하강하는 순간 정치적 사슬에 주박당하고 마는 것이다.

그렇다면 진정한 미란 무엇인가. 미가 정치를 떠날 수 없을 때, 그 것은 가능한 한 현실의 결핍과 고통을 구원할 수 있는 아름다움이어야 하지 않은가. 프랑수아 쳉François Cheng은, 로맹 가리Romain Gary 의 말을 빌려, '구원으로서의 아름다움'을 언급한다. "나는 삶을 책임지며, 삶 자체를 희생하기까지 하는 미학말고는 인간에게 마땅한 윤리가 있으리라 생각지 않는다." 그리고 재차 강조한다. "그 아름다움으로 세상을 구해야 한다. 그 아름다움은 선행, 순수, 희생, 이상이다."[2]

프랑수아 쳉은 관념적 초월성에 머무는 아름다움을 현실의 역사 속으로 끌어 내려와 사유한다. 초월성조차 존재와 존재 '사이'에 있 다고 강조한다. 특히 그가 주목하는 것은 '미'가 발생하는 장場으로 서의 '관계'이며, 이 관계에서 비롯되는 윤리가 미학의 조건이라는 사실이다.

미학은 정치적 현실 속에서 윤리와 분리되기 힘들다. 게다가 윤리를 껴안아야 하는 당위로부터 자유로울 수 없다. 미의 순수성이 결

1) 테리 이글턴, 방대원 역,《미학사상》, 한신문화사, 1995, 20쪽.
2) 프랑수아 쳉, 길혜연 역,《아름다움에 대한 절대적 욕망》, 뮤진트리, 2009, 64쪽.

국 지배계급의 이데올로기에 편승하고 만다는 사실은 우리의 짧은 현대사를 통해서도 적잖게 목격한 바 있다. 미가 그 자체의 순수성으로 있을 때 지배계급의 권력 강화를 암묵적으로 승인하는 현실 효과를 지니는 것은 상식이다. 따라서 미적인 판단은 인간의 '관계'에 내속된 윤리를 고려함으로써만 더욱 온전해질 수 있는 것이다. 이를 통해 '미=선', '추=악'의 등식은 윤리의 가치 기준에 따라 얼마든지 '미=추', '추=선'으로 전도되기도 한다. '미'가 '추'가 되고 '추'가 '미'가 되는 전도는 미학의 세계에서 얼마든지 일어날 수 있는 것이다. 예컨대, 박근혜의 아름다운 패션감각이 '미'를 유발할 수도 있으나 얼마든지 '추'를 유발할 수 있다. 반면에 시장에서 상추 파는 노파의 모습이 '추'가 아닌 '미'일 수도 있는 법이다.

칸트는 이러한 혼란을 없애기 위해 일찍이 '무관심한 관심', 혹은 '무관심한 만족'을 미의 속성으로 주장함으로써 미에 내속된 개인적·사회적·정치적 욕구를 없애고자 했다. 그러나 주관적 보편성이라는 규정이 폭력으로 떨어질 가능성에서도 알 수 있듯이, 미의 기준 체계는 확정된 것이 아니라 치열한 각축 속에서 이루어진다. '관심'의 상이한 용법에 따라 '무관심한 관심'을 '무관심ⓐ한 관심ⓑ'의 ⓐ와 ⓑ로 구분해 보자. 미의 공통감은 관심ⓑ와 관계되어야 함에도 불구하고 실제 현실에서는 대부분 관심ⓐ와 밀접한 관계를 맺는다. 관심ⓐ는 개인과 사회의 다양한 욕구가 작동하는 현실에서 발생한다. 관심ⓐ를 제거한 '무관심의 관심'이란 역사적·정치적 현실을 배제한 것이나 다름없다. 관심ⓑ가 선험적인 공통감을 전제한 미적 본질에 해당할지라도, 실제로 우리 현실을 지배하는 것은 관심ⓐ인 것이다. 보다 큰 문제는 관심ⓐ에서 쟁취된 미의 공통감(배제의 폭력을 내장한)이 관심ⓑ의 선험성을 가장하고 있는 경우가 대부분이라는 사실이다.

그렇다면 '미는 이데아의 빛'(플라톤)이라는 황홀한 명제의 수용은 얼마나 순진한 짓인가. 현실을 지배하는 선험적 미의 규준이란 권력의 기만 그 자체일 수도 있으므로, 진리에 부착된 미를 향수하기 전에 '진리'를 먼저 의심해 보아야 하는 것이다. 일찍이 사르트르의 한 분신이었던 로깡땡은 '이데아=미=진리'라는 플라톤식의 상상계적 허구가 아버지라는 폭력을 만나 강력한 상징계를 구성해왔다는 사실에 구토를 경험한 바 있다. 이 구토는 무엇을 의미하는가. 미의 밑바닥에는 주검이 깔려 있으며 그 주변에는 시취尸臭를 지우는 고급 향수가 뿌려진다는 사실에 대한 폭로가 아닌가.

그럼에도 불구하고 인간은 미를 추구하는 욕망에 지배당하는 존재다. 종국에는 미에 대한 욕망을 욕망할 뿐인 우리의 민낯을 발견하게 될지라도 미에 대한 욕망이 인간 욕망의 근저가 된다는 사실을 부인할 수는 없다. 다만, 어떤 아름다움인가가 문제다. 그 아름다움을 떠받치는 것이 어떤 진리와 윤리인가까지도. 미학의 육체를 이루는 진리, 그 진리에 혈액을 공급하는 윤리의 심장은 과연 무엇이어야 하는가.

2 나르시스의 비극적 체험과 유사성의 소름

예술에 관한 라이프니츠의 유명한 발언 중 하나인, 미와 추를 느끼게 하는 "나도 모를 그 무엇"은 18세기 영국 미학의 중요한 개념이다. 바로 여기서 아름다움을 "혼연한 이념" 그 자체로만 다룰 수밖에 없었던 어려움을 이해할 수 있다.[3]

라이프니츠가 합리주의적 미학을 견지했음에도 불구하고 비합리적 뉘앙스를 풍기는 이 진술은 칸트에 와서 미적 이념에 대한 보다 구체적인 정의로 발전한다. "나는 미감적 이념(미적 이념−인용자)이라는 말로 많은 것을 사고하도록 유발하지만 그럼에도 어떠한 특정한 사유, 다시 말해 어떠한 특정한 개념도 그것에 충전할 수 없는, 따라서 어떠한 언어도 그에는 온전히 이를 수 없고 설명할 수가 없는, 그러한 상상력의 표상을 뜻한다."[4]

한 마디로, 칸트는 미적 이념이 개념화의 실패 위에 서 있음을 말하고 있다. 카이 함머마이스터가 칸트의 미적 이념을 "하나의 개념 하에 잡다의 통일을 포섭하려고 하지만 그렇게 하는 데 실패하는 과정"이라고 정리한 것도 같은 맥락이다. "어떤 예술 작품이 정확히 무엇에 대한 것인지 말하기란 절대 불가능하다는 것"이다. 누구도 미적 이념에 다가갈 수 없음에 따라, 칸트 이후 미는 "궁극적 해석 불

---

3) 카이 함머마이스터, 신혜경 역, 《독일 미학 전통》, 이학사, 2013. 28쪽.
4) 임마누엘 칸트, 백종현 역, 《판단력 비판》, 아카넷, 2009. 348쪽.

가능성"의 지위를 획득하게 된다.[5] 미는 의미의 '부정성' 그 자체다.

부정성negativity의 함의는 복잡하다. '否定性'을 뜻하는 동시에 '不定性'을 뜻하기도 한다. '否定性'이 거절 혹은 거부의 의미를 지닌다면, '不定性'은 미확정의 의미를 지닌다. 미에 대한 칸트의 규정은 과거의 미적 이념에 대한 부정否定이자 부정不定의 시도인 것이다. '미적 이념'의 거부(否定)와 공백화(不定)는 미적 이념에 있어서 일대 혼란을 초래한다. 그러나 미적 이념에 대한 불가지론은 헤겔에 이르러 파산한다. 물론 축조築造를 위한 파산이다. 근대인은 어둠 속에 잠긴 세계와 어떤 식으로든 명확한 관계를 맺어야 했다. 근대인의 정신은 오직 부정적인 것을 대면하고 부정적인 것과 함께 머물기를 통해서 권능을 획득하기 때문이다. 이 머무름은 부정적인 것을 실정적인 존재로 바꿔놓는 마력을 지닌다. "부정적인 것이기 때문에 순수하게 긍정적(실정적-인용자)인 것"으로서의 부정성은 "그것의 내적 개념 속에서 절대적 긍정성(실정성-인용자)으로 전화하"는[6] 마법을 지니고 있는 것이다. 의미의 공백 속에 의미를 강제하는 것이야말로 마법의 권능이다. 상상계에 사로잡힌 인간은 자신이 처음으로 내민 촉수에 와 닿은 차가운 세계의 이물감을 어떤 식으로든 자기화하지 않으면 안 된다. 그 자기화의 열망이 만들어낸 지적 각축의 정점에 있는 것이 바로 헤겔의 미학이다.

---

5) 카이 함머마이스터, 앞의 책, 67쪽.
6) 헤겔, 임석진 역, 《정신현상학》, 한길사, 2005. 167쪽.

혜겔이 일찍이 예술을 상징적·고전적·낭만적 유형으로 나눈 것은 미가 오로지 절대이념을 향해 나아감으로써 예술 그 자체가 절대이념이 되는 과정을 드러내기 위해서다. 시라는 운문적 담화가 산문적 담화로 옮겨질 수 있다는 헤겔의 말은 시 예술의 이념성을 무엇보다 주목했기 때문이다. 헤겔에게 있어서 예술은 미의 이념화이며 그것은 절대이념 위에 서 있다. 그래서 헤겔의 예술은 절대이념을 간직하는 순간 결국 운문적 담화가 산문적 담화로 옮겨지는 자기해체의 길을 갈 수밖에 없는 것이다. "시문학도 역시 예술이 해체되기 시작하여 철학적인 인식을 위해 종교적인 표상으로 향하면서 학문적으로 사유하는 산문으로 이행移行해 가는 바로 그런 특수한 예술로 드러난다."[7]

혜겔의 미는 절대이념이라는 실정성positivity을 상정한다. 그것은 완고한 주체와 더불어 역사의 단의성까지 상정하는 실정적 세계관을 암시한다. 그러나 헤겔의 절대이념 역시 인간이 지닌 동일성의 사유에서 비롯된다. 이 사실은 칸트의 미적 이념의 공백을 메우고자 했던 헤겔의 열망이 얼마나 허망한 것인지를 드러낸다. 근대를 압도했던 '동일성의 사유'는 매우 강력한 근대 철학 체계의 기반이 되었지만, 그것이야말로 근대 철학의 민낯을 폭로하고 있기 때문이다. 헤겔의 민낯은 곧 서정시의 민낯과 다르지 않다. 헤겔을 장악하고

---

7) 헤겔, 두행숙 역, 《헤겔의 미학강의》, 은행나무, 2010. 585쪽.

있는 동일성의 사유는 곧 서정시의 본질이기도 하다. 서정시의 원리는 곧 헤겔적 사유의 정점에 서 있다. 자아와 세계의 동일성을 강제하는 동일자적 사유가 서정시만큼 잘 구현된 예술이 어디 있겠는가. 따라서 '아우슈비츠 이후의 서정시'에 대한 탄식(아도르노)은 다름 아닌 동일자적 사유를 겨냥한 것이라 할 수 있다.

동일자적 사유에 대한 충격적인 각성을 묘파한 예로 나르시스에 관한 자키 피죠의 견해[8]를 언급해야 하리라. 자신의 모습을 사랑하다 물에 빠져 죽은 것으로 알려진 나르시스. 자키 피죠의 말은 다르다. 나르시스를 죽음에 이르게 한 원인은 나르시스가 사랑한 대상이 곧 자기 자신이었다는 사실을 깨닫게 된 충격 때문이다. 자키 피죠가 해석한 나르시스의 충격은 주체의 눈에 비친 이 세계가 자신의 욕망이 그려낸 환영에 지나지 않는다는 각성을 함축한다. 나르시스의 비극은 근대인의 욕망과 무관하지 않다. 지키 피죠의 해석을 거친 나르시스의 죽음은 곧 물에 비친 형상形狀을 실체로 간주하고 싶어 하는 근대인의 충격을 암시한다. 근대인은 이제 자기 죽음의 문턱을 향해 간다. 근대인의 죽음을 처음으로 예감한 이는 니체다. "모든 개념은 동일하지 않은 것을 동일하게 만듦으로써 생성된다."[9] 비동일적인 것의 동일화가 초래하는 모든 폭력에 대한 저항이야말로 나르시스의 죽음 이후 우리가 할 일이다.

8) 자키 피죠, 김선미 역, 《몸의 시학》, 동문선, 2005. 9-22쪽.
9) 프리드리히 니체, 이진우 역, 《니체 전집》, 책세상, 2001. 448쪽.

그러나 문제는 아직 나르시스의 비극성을 충분히 체험하지 못했다는 사실에 있다. 아니, 이미 충분히 체험했음에도 불구하고 인류는 여전히 나르시스의 동일자적 감옥에서 헤어나지 못하고 있다는 것이야말로 문제다. 인종이라는 나르시스, 종교라는 나르시스, 국가라는 나르시스, 인류라는 나르시스, 심지어 '종북 척결'의 정체성이라는 나르시스까지.[10]

이들은 모두 '상상의 공동체'에 기반한 나르시스에 불과하다. 나르시스로 인한 역사의 황폐화에도 불구하고, 나르시스는 여러 층위에서 여전히 강력한 자기장을 형성하고 있는 것이다. 이 세계를 한때 지배했던 나르시스의 가장 끔찍한 이념은 파시즘이 아닌가. 그것은 하나의 끔찍한 문장으로 정리된다. "파시즘의 최고의 성취는 시체 더미며, 그 역사는 인간 파괴의 목록이다."[11]

시인들은 근본적으로 나르시스의 후예들이다. 그러나 이제 시인들은 자기의 기원인 나르시스를 파괴하기 시작한다. 조말선은 말한다. 이 세계는 "나르시스와 나르시스가 마주보"(조말선, 〈나르시스와 나르시스들〉, 《재스민 향기는 어두운 두 개의 콧구멍을 지나서 탄생했다》, 문학동

10) 이들은 모두 일종의 상징계다. 중요한 것은 상징계의 토대가 상상계라는 사실이다. 그러므로 상징계 역시 보다 큰 맥락에서 보면 상상계의 일종이라 볼 수 있다. 상징계의 질서라 하더라도 상상계적 속성을 벗어날 수 없는 것이다. 인류를 지배하고 있는 질서는 상징계적인 것이지만, 인류보다 높은 차원의 우주에서 보자면 그 역시 어린 아이가 이상적 자아와의 동일시를 시도하는 상상계에 지나지 않기 때문이다. 인종, 인류, 종교, 국가, 이념은 모두 상징계에 해당하지만, 상상계의 나르시스로 서술한 이유가 여기에 있다.
11) 마크 네오클레우스, 정준영 역, 《파시즘》, 이후, 2002. 195쪽.

네, 2012)는 형국에 불과하다고. 게다가 스스로를 직접 겨냥한다. "나는 필사적으로 텅 비우기에 매진한다 아무것도 아니기 위해 나는 파낸 부스러기에 눈이 먼다"(조말선, 앞의 책). 동일성의 세계를 탈구시키기 위해서는 지난한 반복과정을 거쳐야 한다. 상상계적 자아를 잘라내도 또 다른 자아의 싹이 돋아난다. 인간은 근본적으로 동일성의 세계를 빠져나올 수 없다. 다만 강력한 법의 작용으로 상상계적 자아를 상징계적 주체로 둔갑시킬 수 있을 뿐이다. 그러나 상징계의 본바탕이 상상계라는 점엔 변함이 없다. 하여 동일성으로부터 가장 먼 거리, 다시 말해 동일성과 비동일성의 접경에 닿고자 하는 노력만이 있을 뿐이다. 그 접경조차 쉽게 닿을 수 없다. 유사성이 동일성을 둘러싸고 있기 때문이다. 동일성과 친족관계인 유사성은 동일성의 영토를 확장시킨다.

내 웃음은 내 웃음의 형제를 피한다 내 한숨은 내 한숨의 형제를 피한다 내 기침 소리는 내 기침 소리의 형제를 피한다 우리는 다행히 한 번도 부딪친 적이 없었지 내 목소리의 형제를 듣는 순간 소름이 돋는다 소름을 보이지 않으려고 내 버릇은 내 버릇의 형제를 피한다 내 옆모습은 내 옆모습의 형제를 피한다 손을 뻗으면 닿는 거리에 나를 피해가는 내 형제를 느낀다 단 하나의 습관으로 형제를 느끼는 유사성은 동일성보다 혈연적이다 형제들과 마주보고 앉은 날 왜 나는 그 거북한 거울을 치우고 싶을까 거울 속으로 들어갈 수 없는 것처럼 길에서 만난 형제와 스쳐지나가지 못하고 서로를 들여다본다 함께 찻집으로 들어가지 못하고 거울 앞에서 당황해한다 난처한 그 거울을 내가 먼저 치울 것인가 그가 먼저 치울 것인가 항상 고민하지만 용서할 필요 없어, 우리는 동시에 거울을 치워버린다 손을 뻗으면 닿는 거리에 평행선을 긋고 있는 내 삶의 형제를 내 삶은 피한다.

　　— 조말선, 〈유사성〉 전문, 《재스민 향기는 어두운 두 개의 콧구멍을 지나서 탄생했다》, 문학동네, 2012.

이 시의 핵심은 "유사성은 동일성보다 혈연적이다"라는 구절에 있다. 비동일적인 것을 동일화하는 과정에서 유사성이 필연적으로 개입한다. 유사성은 동일성의 숙주다. 유사성과 동일성은 인간에게 존재의 안정감을 제공한다. 인간이 깃들어야 할 동일성의 세계는 인간에게 안온한 거처가 되는 셈이다. 내 형제의 목소리는 어느 순간 내 목소리와 동일화될 것이고 동일화될 수밖에 없다. 일상적 파시즘은 바로 여기서 배태된다. 파시즘을 히틀러나 나치당의 정치 문제가 아니라 대중들의 문제로 갈파한 것은 빌헬름 라이히다. 이질성을 허용하지 않는 일상이란 파시즘의 공기뿌리다. 그것은 숨어있지 않고 자꾸 드러난다. 따라서 "내 목소리의 형제"에 대한 "소름"이란 궁극적으로 파시즘에 대한 공포다. 파시즘은 국가 나르시시즘이다. 유사성은 동일성의 병소를 퍼뜨리는 중간숙주다. 그것을 깨달은 시인은 유사성의 형제들을 멀리하고 종국에는 동일성의 세계로 진입시키는 거울마저 치워버린다.

시인이 유사성 혹은 동일성의 세계가 제공하는 안정감을 기필코 거부하는 이유는 그것이 지닌 폭력의 가능성 때문임은 의심의 여지가 없다. 시인은 유사성과 동일성 내부에 자리 잡은 폭력의 징후에 예민하게 반응하고 있는 것이다. 유사성을 걷어내는 행위는 시인 내부의 동일성을 파괴하고자 하는 충동의 반영이라고 볼 수 있다. 그렇다면 조말선의 시에서 미가 깃들 자리는 계속 유보될 수밖에 없다. 조말선의 시가 품고 있는 '미'는 동일성의 해체에서 비롯되는 '미'다. 어디에도 정주하지 않고 떠도는 미학의 비-체계 속에 그의 시는 자리잡는다. 시인의 '미'는 규정할 수 없는 '미'로서 부정성의 영역에 깃든다. 달리 말해, 그것은 "무궁무진한" "천 개의 보편성" (《천수천안관음보살》)을 향한, 개념화를 거부하는 '미'다.

유사성, 혹은 동일성의 세계가 구축하는 공동체는 합리성의 공동체다. 알폰소 링기스는 말한다. "인간 공동체 안에서 그 개인은 자신의 내면에 폐쇄된 자신만의 사고체계를 재현하는 어떤 작업을 발견한다. 자신의 사고체계가 합리적 사고체계 전체를 재현한다고 생각하는 개인은 자신의 동료인간을 보고도 자신의 합리적 본성의 반영反影밖에 발견하지 못할 것이다." 결국 합리성의 공동체란 나르시스의 세계에 지나지 않는다. 나르시시즘은 '자아의 확장'(프로이트)에 불과하다. 나르시스를 파괴함으로써 생성되는 진정한 공동체란 '타자의 공동체'다. 타자의 공동체는 "아무것도 공유하지 않은 사람에게 스스로를 노출하는 과정에서 실현된다." 이 타자의 공동체는 극단적으로 말해서 "아무것도 공유하지 않은 사람들의 공동체", 다시 말해서 "죽음과 '죽어야 할 운명'을 제외하면 아무것도 공유하지 않은 사람들의 공동체"다.[12] 혹은 블랑쇼가 자주 언급했던 조르주 바타이유의 "어떤 공동체도 이루지 못한 자들의 공동체".

유사성과 동일성에 대한 시인의 거부는 진정한 공동체의 공간을 찾기 위한 과정이다. 그런 까닭에 동일성과 유사성의 유혹으로부터 벗어나기 위해 시인은 유사성과 동일성에 반응하는 자신의 소름을 복돋을 수밖에 없다. 다만 그 소름의 발작이 어디로 향해가는 것인가에 대한 이해가 우리에겐 필요하다.

3 주체의 공백과 부정성의 공동체

박근혜가 국가정체성을 강조하듯, 국가 나르시스트들(국가주의자들)은 대개 '정체성'을 부각시킨다.[13] 아도르노의 말처럼 **그릇된 세계**(강조-인용자)에서는 친밀성·고향·안전 따위"의 "마법의 양상들"이 지배적이기 때문이다.[14]

---

12) 알폰소 링기스, 김성균 역, 《아무것도 공유하지 않은 자들의 공동체》, 바다출판사, 2013. 38쪽.
13) 알랭 바디우는 전반적으로 경제가 침체된 상황에서 극우보수주의자인 사르코지가 할 수 있는 일이란 외국 이주노동자들을 배제의 타깃으로 삼는 정체성 강화뿐임을 말한 바 있다. 알랭 바디우, 조재룡 역, 《사랑예찬》, 길, 2010. 107쪽.

그리고 타자들을 배제하는 데 주저하지 않는다. 나르시스트들은 순결주의로 귀착되는 자기 미화에 온힘을 쏟는다. 그 아름다움은 하나의 진리, 다시 말해 선과 더불어 진리의 동일성에 주박당해 있는 경우가 대부분이다. 비유컨대 진·선·미로 차등화된 근대적 미인의 등급이 결국 '미인'의 '미'로 수렴되듯이 '진'과 '선'을 앞세운 '미'는 진리에 대한 강박과 그 규준이 강제하는 윤리에 속박당한 근대인의 병적 증상을 생생하게 보여준다.

근대의 '미'가 진리와 윤리를 앞세운 지배 이데올로기에 근거하고 있음은 명백한 일이다. '미'의 근거가 되는 진리와 윤리는 권력을 독점한 자의 것이다. 따라서 '미'를 둘러싼 쟁투는 오늘날에도 미학의 핵심적인 주제가 된다. 인식과 심미를 분리함으로써 미의 초월성을 주장한 칸트의 미학이 오늘날의 관점에서 공소空疎한 것은 바로 이 때문이다. '무목적성의 합목적성'을 지닌 미적 판단이 사회성을 거부하는 최고의 장소라는 피에르 부르디외의 비판을 떠올려 보라. 부르디외의 문화재생산 이론이 '미'와 무관할 수 없고 랑시에르의 예술의 미학적 체제가 미의 규준을 둘러싼 전복적 투쟁을 함의하는 것은 '미'가 더 이상 초월의 영역에 머물 수 없음을 말해준다. 초월성은 '미' 그 자체로 하여금 정치와의 긴장을 해제시킴으로써 미적 이념의 공백을 현실의 법으로 채워놓는 경향이 있다. 초월성의 '미'

14) 테오도르 아도르느, 홍승용 역, 《부정변증법》, 한길사, 1999. 90-91쪽.

가 유독 현실 정치와의 관계가 조화로운 까닭이다.

김언은 미학과의 불화를 말하고 있다. 그의 시는 미학의 보폭을 넓히고 있지만, 사실상 해석 불가능한 상태로 진입하는 경우가 자주 발생한다. 그의 시는 즉각 고립되고 말지만 자유의 풍성함을 보상받는다. 힘겨운 소통이 보편적 소통이 되고야 말 미래를 향한 그의 시적 고행은 각막을 긁으며 어떤 기호를 남기는데, 그것은 해독 불가능한 기호, 그러나 아직 도래하지 않은 미래의 시를 드러내고자 하는 어떤 긴장의 문양이다.

나는 혼자서는 쉽게 놀지 않는다. 어딘가에 타인을 만들고 있다.
고요하고 거침없이 적을 만든다. 그를 사랑해도 좋다.

그와 무엇으로 대화하겠는가.
적당한 간격을 두고 위험에 대해
아름다움을 말하고 있다.

나는 혼자서는 쉽게 취하지 않는다.
어딘가에 항상 손님을 만든다. 분노를 만들기 위해

그를 쫓아가도 좋다. 꼭 그만큼의 간격으로
누군가를 방문하고 멱살을 잡는다.

나는 혼자서는 쉽게 풀지 않는다. 어딘가에 꼭 오해를 만들고 있다.

　　－김언, 〈미학〉 전문, 《모두가 움직인다》, 문학과지성사, 2013.

　　그의 미학은 떠돈다. 항상 "어딘가에 타인을 만들고 있"고, "어딘가에 항상 손님을 만든다." "누군가를 방문하고 멱살을 잡는다." 그것은 이질성, 그러니까 비동일성을 확인하는 과정이다. "그와 무엇으로 대화하겠는가." 그의 시는 대화의 불가능성에 장악당하지 않는다. 오히려 그의 시가 대화의 불가능성을 장악한다. 그러니 타인을 적으로 만들거나 사랑하거나 손님으로 대하는 등 그의 시는 의도적인 "오해"로 머문다. 역설적이지만 오해로 머물 때라야 그의 시는 끝끝내 시가 된다. 알랭 바디우의 말처럼, 시는 영원히 토대 없는 것으로 남게 되는 것이다. 위험한 벼랑 끝에 멈추지 않고 기어이 한 발 더 허공(죽음 혹은 공백)에 내딛고야 마는 언어. 추락하기 직전의 어떤 "위험"을 그의 시는 안고 있다. 시인은 그 위험으로부터 스스로를 분리하여 미적 거리를 확보한다. 그 미적 거리로 인해 "위험"을 "아름다움"으로 인식하는 것이다. 주체와 타자의 빈 공간, 혹은 주체마저 타자로 삼은 세계의 빈 공간 속으로 그의 시는 부유浮游한다. 시집의 표제가 '모두가 움직인다'인 것은 결코 우연이 아니다. 그의 시는 어느 곳에도 정박하지 않는다. 계속해서 움직이며 떠돌 수밖에 없다. 김언의 미학은 어떤 개념화도 거부한 채 비동일성의 세계를 부유하고 있는 것이다. 이는 주체와 타자의 변증을 통한 어떤 개념화를 거부하는 '부정변증법'(아도르노)의 미학적 운동이라 할 수 있다. 이 또한 개념화라면 김언의 시는 이마저 거부하는 세계로 떠돌 것이 틀림없으리라.

　김언의 언어가 이 합리적 공동체에 의해 억압된 유령의 세계를 떠돎으로써 '타자공동체'의 주름을 쓰다듬고 있다면, 허만하의 언어는 곧바로 언어의 외부를 향해 나아간다. 그만큼 그의 시는 거침없는 '무애无涯'의 경지를 보여준다. 그의 시로써 우리의 정신은 순식간에 확장된다. 동일성으로 폐쇄된 우리의 내면에 의미의 공백으로 눈부신 시공간이 탄생하는 것이다.

　　나는 근접하면 동상을 입는 세계의 극한을 찾는 여린 언어다. 예니세이 강을 건너 알타이에 이른 나의 언어는 제자리에서 얼어붙은 파토스의 얼음이다. 자작나무 숲 흰 줄기 사이에서 뿌드득거리는 발자국 소리는 적설량보다 순수하다. 시의 계절은 언제나 겨울이다. 한겨울 바람 앞에서 내 언어는 땅 밑에서 파릇파릇 돋는 봄풀이다. 온몸으로 가늘게 떠는 연약한 한 줄기 감수성. 역사의 발에 밟힌 끝에 대답처럼 다시 본래의 체위를 찾고 마는 초록색 풀의 강인함.
　　— 허만하, 〈시의 계절은 겨울이다〉 부분, 《시의 계절은 겨울이다》, 문예중앙, 2013.

　허만하의 언어는 "근접하면 동상을 입는 세계의 극한"을 추구한다. 과연 그런 언어란 가능한가. 언어가 상징계를 오가는 진자振子일 진대, 언어를 통한 자기해방은 겨우 상징계의 내벽內壁을 치고 돌아올 뿐이다(허만하는 이 내벽을 '계면界面'이라 부른 바 있다). 그러나 그 내벽에 언어의 혀끝이 닿는 순간 필시 혀는 상징계 바깥 세계의 극한을 느끼면서 얼어붙으리라. 시인의 감수성은 그 순간만을 열망하는 순수한 파토스다. 더욱 얼어붙기 위해서 시의 언어는 "파릇파릇 돋는 봄풀"처럼 더 연약하고 여려야만 한다. 그래야만 그의 언어는 더욱 철저하게 얼어붙을 수 있기 때문이다. 얼어붙는 순간의 떨림을 통해서 시인은 자기해방을 감지할 수 있는 것이다. 허만하 시인이 어디선가 말했듯이, 그의 시가 구현하고자 하는 '태초의 풍경'은 말 그대로 최초의 세계와 언어가 만나는 풍경이다. 우리는 그 세계를 생각한다. 허무도 낭만도 없는, 인류 이전의 그 어떤 최초의 풍경을. 어떤 의미조차 없는 그 세계 속에 언어는 폭설처럼 내리거나 잔설처럼 쌓이는 것이다. 최초의 세계와 언어가 처음으로 조우하는 순간이 바로 그의 시다. 다시 말해 '언어의 순수한 외부성'을 그의 시는 목도하고자 한다. 이러한 세계는, 아감벤의 말을 빌리자면, 어떤 선험성 또

15) 조르조 아감벤, 조효원 역, 《유아기와 역사》, 새물결, 2010. 24쪽. 이러한 공동체는 아감벤이 〈남겨진 시간〉에서 말한 바 있는 이쪽과 저쪽에도 해당하지 않고 이쪽과 저쪽을 나누는 분할을 분할함으로써 생겨나는 '사이'와 '간극'이기도 하다. 이 사이와 간극은 바로 모든 소명을 기각함으로써 발생하는 메시아적 소명이 깃드는 공간이며 '메시아가 들어오는 작은 문'이다. 알렌카 주판치치 식으로 말하자면 '윤리의 심장부'로서 '실재의 윤리'가 깃드는 공간이다.

는 전제前提의 형식을 갖지 않는 "언어실험 속에서 형성되는 공동체"[15]라고 할 수 있다. 어떤 이념화도 개념화도 일어나지 않은 공간의 순수성, 다시 말해 부정성의 공간을 그의 시는 들여다본다.

허만하가 언어의 외부성을 언어로써 탐구하는 역설을 보여주고 있다면, 정익진은 언어 그 자체를 파괴하고 파괴된 언어 그 자체를 천착한다. 그는 실험성의 측면에서 놀랄만한 변화를 보여주고 있다. 그의 제3시집 표제작인 〈스캣〉은 언어를 향한 회의와 부정 그 자체다. '스캣'은 재즈 보컬리스트가 흔히 사용하는 즉흥적이고 의미 없는 음절로 가사를 대신하는 창법이다. 그의 시에서 스캣은 언어의 의미망을 파괴함으로써 확장하는 기법으로 변용된다. 언어의 질서를 교란하고 파괴함으로써 새롭게 확장되는 언어의 외연이 신선하면서도 경쾌하게 다가온다. 기표와 기의의 결합이라는 언어의 공식을 매우 정교하게 파괴하는 데서 비롯되는 효과다. 굳이 '정교하게'라는 수식어를 덧붙이는 까닭은 언어에 대한 파괴가 무의식이 아니라, 매우 정교한 의식 위에서 이루어지고 있기 때문이다. 언어에 대한 오랜 천착이 이루어지지 않았다면 나올 수 없는 언어 감각이 제3시집 전체를 관통하고 있다.

정익진의 시적 주체는 "내국인의 취향"을 거부하고 "외국인"과 "외계인"을 지향한다《나는 커서》. 언어 질서의 바깥을 향해가는 그의 진격進擊은, 그러나 적이 없다. 주체의 기반이 되는 자기 언어를 파괴하는 것뿐이다. 그의 시적 실존은, 그러니까 "계단과 계단을 이어주던 말들"이 사라져버린 "끊겨 버"린 '계단' 끝에 서 있다. "열기구처럼 떠오르는 계단 / 계단 끝에서 떨어지는 계단들, // 계단의 맨 위, 햇볕에 시달린 / 곤충 껍질처럼" "바삭거"(〈천국으로 가는 계단〉)리기만 할 뿐이다. 비유기적인 환유로 가득한 그의 시들은 세계의 형상과 의미망을 파괴한다. 그에게 세계는 파괴되어야 할 '북카페'다.

꽂혀 있는 책들이 모두 모여
온전히 한 권의 책이 될 때까지 기다려야 한다
책 속으로 머리를 담근다
느릿한 음악이 가늘게 이어지고
식물원과 같은 고요 속에서 간간히 들려오는
발자국 소리, 커피 잔 달그락하는 소리

그리고 먼지 한 톨을 오랫동안 응시하는 시선의
힘으로 생각을 넘긴다

책 밖으로 천천히 지느러미를 저으며
지나가는 물고기들,
여기는 가라앉는 중이다

가라앉는다, 가라앉는다

바닥에 닿으려고 허우적대는 발들

간혹, 저쪽 테이블에서 말소리가 들려온다

천문학과 건축에 관한 용어들이다

책과 책들의 상호연관성 혹은 적대관계를

생각한다 천장에 붙어있는

다리들이 허우적대고 있다

책 속에서 머리를 뺀다

– 정익진,〈북카페〉 전문,《스캣》, 문예중앙, 2014.

　세계를 지배하는 지식 체계는 "한 권의 책"으로 표상된다. "꽂혀 있는 모든 책들이 모두 모여 / 온전히 한 권의 책이 될 때까지 기다리"는 것이야말로 근대의 핵심적 기획이다. 시인은 "책 속으로 머리를 담그"지만, "먼지 한 톨을 오랫동안 응시하는 시선의 / 힘"을 잃지 않는다. 그의 시적 주체는 책 밖의 세계들, 언어로 규정할 수 없는 세계를 향해 있으며, "책과 책들의 상호연관성 혹은 적대관계"를 생각한다. 그의 시가 몽타주 기법을 자주 쓰는 이유다. 세계의 지식 체계로부터 빠져나오기. 언어 질서로부터 스스로를 빼내기. "책 속에서 머리를 뺀다"는 구절은, 그래서 의미심장하다. 세계와 언어를 향한 회의와 부정의 시선은 그의 시에 경쾌한 에너지를 주입하고 있다. 그 에너지란 "제 꼬리 씹어 삼키며 빙빙 도는 / 뱀들" 같은 "홀라후프"《홀라후프 생각》의 동력학 속에서 발견 가능하다. 그의 시는 '스캣'으로 이루어진 위태로운 '홀라후프'의 에너지로 가득하다. 시니피앙의 연쇄를 인지하고 파괴함으로써, 그 원환체로부터 스스로의 언어를 빼내는 행위가 바로 정익진의 시다.

김형술 역시 언어에 대한 탐구로 핍진逼盡해 간다. 허만하의 적절한 지적처럼 김형술의 시는 "언어화가 불가능한 카오스의 말"[16]에 대한 탐구로 전향한다. 그러나 언어 탐구를 위해 언어에 의지해야 함에도 불구하고 언어를 버려야 하는 '이중구속'은 결국 자기분열의 형태로 내습來襲하기 마련이다. 우선 시인은 말을 지옥으로 인식한다. "눈 뜨지 말아라 부디 꽃들이여 / 눈을 뜨는 순간 / 이름을 가지는 순간 우린 모두 / 헤어날 수 없는 지옥을 갖게 되리니"《말의 지옥》에서처럼 '이름'이라는 폐쇄적 언어를 가지는 순간 우리 모두는 거기서 헤어날 수 없게 된다. 우리는 비로소 "말을 만나 말을 버리러 갔었다"《잃어버린 말을 찾아서》는 구절을 이해할 수 있다. 그러나 시인은 다시 거꾸로 말한다. "언어를 버려서 너는 언어다"《무인도》. 이처럼 모순된 진술은 역설적이기 전에 분열적이다. 언어를 버림으로써 획득한 언어는 "사방 드넓게 열린 언어"이며 의미의 무한성을 키우는 언어다. 결국 시인이 추구하는 것은 "어떤 물의 비유도 범접하지 못하는 묵언의 지존 하나"인 것이다. 이 '묵언' 역시 새로운 공동체의 언어임에 틀림없다.

---

16) 허만하, 〈말과 어둠의 경계에 서는 전위성〉;, 김형술, 《무기와 악기》, 문학동네, 2011. 126쪽.

이처럼 시인은 새로운 공동체의 언어로써 완전한 존재론적 변신을 시도한다. 그러나 이 시도는 반복되어야 하고 반복될 수밖에 없다. 반복만이 인간의 한계를 잠재우기 때문이다. 그래서 시인은 절규한다.

> 나는 다시 태어났다. 어느새 아무것도 두렵지 않았으므로 더 이상 벽들에게 혼잣말을 하지 않았고 잠 속에 집을 짓지도 않으며 게다가 이젠 무릎을 꿇고 그녀에게 매달리며 애원하게 되었다. 제발, 제발 나를 낳아줘. 날마다, 매 시간마다 새롭게, 새롭게 늘,
> ― 김형술, 〈지옥〉 부분, 《무기와 악기》, 문학동네, 2011.

"매 시간마다 새롭게, 새롭게 늘," 태어나는 것은 '나' 라는 주체의 심연에 닿는 행위다. 주체의 심연에는 무엇이 있는가. 그곳에는 아무것도 없다. 공백 그 자체다. 라캉은 이를 두고 '아파니시스 aphanisis'(주체의 소멸)라고 말한 바 있으나, 그것으로 주체의 의미가 마무리되지는 않는다. 하나의 진리가 '절차'의 형태로서만 존재할 수 있듯이, 주체 또한 '과정'으로서 존재하는 것이다. '과정으로서의 주체'(줄리아 크리스테바)란 기실 이를 의미한다. 그러므로 언어의 지옥에서 주체가 살아남을 수 있는 유일한 방법은 언어의 외부를 탐색하는 동시에 주체마저 그곳으로 내던지면서 외부의 내부화를 영구적으로 지속하는 일이다.

4 시, 그리고 혁명의 기다림

주체 문제에 있어서 전위적인 현대 시인들이 아파니시스를 하나의 정향점으로 삼을 수밖에 없는 까닭은 근대의 삶이 주체의 실정성을 병적으로 강화하고 있기 때문이다. 아도르노는 실정성이 강화되는 세계 내에서 주체들이 필연적으로 더 많이 시달릴 수밖에 없는 '실존적 불안'을 언급한 바 있다.[17]

주체는 근본적으로 균열의 속성을 지닌다. 그럼에도 불구하고 근대 사회가 그 균열의 공백을 억압하면 할수록 주체는 더 많은 신경증에 시달릴 수밖에 없다. 균열과 결여lack의 억압은 신경증의 원인이다. 근대 체계의 완전성을 추구하는 인간은 스스로의 주체에 어떤 결여도 없어야 한다고 믿는다. 그러나 그 순간 인간은 자신의 진짜 실체를 지우고자 하는 존재로 전락하고 만다. 따라서 억압된 결여는 신경증을 더 강화시키면서 실존적 불안을 더욱 추동하는 것이다.

근대 체계가 완벽한 합리성의 세계(실정성의 세계)를 지향할수록, 시인은 세계의 결여를 더욱더 날카롭게 들여다본다. 그 시선은 필연적으로 자기 존재의 어두운 부정성을 향해 간다. 장 보드리야르는 부정성을 '그림자'로 표현한다. 인간은 필연적으로 그림자를 끌고

---

17) 장 보드리야르 역시 실정성의 과잉excess of positivity으로 인해 불확실성uncertainty에 지배당하는 경향을 지적한 바 있다. Jean Baudrillad, trans. James Benedict, *The Transparency of Evil*, Verso, 2002, p. 44.

다니는 존재다. 따라서 그림자 없는 존재란 동일성에 강박되어 그림자를 끊임없이 축출하는 악의 존재에 다르지 않다. 정작 우리가 알아야 할 것은 인간은 결코 그림자로부터 벗어날 수 없다는 사실이다. 그러나 근대 이후 인간은 그림자를 말살하는 데 주력해왔고, 그 결과 인류는 아우슈비츠라는 비극을 목도하지 않을 수 없었다. 이후로 시 쓰는 자의 의무는 세계와 주체의 부정성을 인간의 엄연한 실존으로 확인하는 일이 되었다. 부정성의 공간에서 진정한 공동체의 가능성이 열릴 수 있기 때문이다.

'부정성'의 회복은 동일자의 시선이 지배하는 상징계를 벗어나 실재계로 진입하는 가능성을 열어준다. 알렌카 주판치치는 그 진입을 일컬어 '실재의 윤리'라 정의했으며, 그 공간을 '윤리의 심장부'라고 일컬었다. 보다 중요한 것은 부정성을 다시 새로운 실정성과 변증해 나가는 일이다. 중심을 상실한 부정성의 세계에서는 주로 자기해체와 자기파괴의 난경이 펼쳐진다. 그래서 '실재의 윤리'란 실정성과 부정성을 넘어서는 동시에 주체성의 새로운 정립을 강렬하게 예비한다. 그것은 미셸 푸코가 자기 변형의 가능성으로서 '실존의 미학'으로 부르기도 했던 '자기에의 배려'와 크게 다르지 않다. 공백의 주체를 일자—者의 진리에 포박된 주체가 아니라, 무한한 다수성을 향한 주체로 만들어 나가는 과정 자체가 '실재의 윤리'이자 '자기에의 배려'다.

알랭 바디우는 궁극적으로 일자를 지향하는 헤겔의 예술 유형을 넘어서고자 한다. 그가 《비미학》에서 분류한 철학과 예술의 관계도식은 헤겔의 그것과 크게 다르지 않다. 예술은 진리를 담을 수 없다는 '지도적didactique 도식', 예술은 진리의 미메시스라는 '고전적 도식', 예술만이 진리를 담을 수 있다는 '낭만적 도식'은 헤겔의 예술 유형인 상징적, 고전적, 낭만적 유형에 대응한다. 그러나 바디우의 방점은 이 세 가지 도식에 있지 않다. 바디우는 세 유형을 벗어나는 예술의 도식을 선언한다. 그가 건설하고자 하는 예술의 네 번째 유형은 "예술은 그 자체가 하나의 진리의 절차이다"라는 말 속에 응축되어 있다.

'진리의 절차'라는 말은 진리의 궁극을 상정하지 않는다. 진리는, '절차'라는 말이 암시하듯이, 과정 속에 있는 것이다. 이는 해체철학의 주체관과도 무관하지 않다. 진리의 주체는 궁극에 도달할 수 없으며 항상 균열을 안고 있는 과정에 불과하다. 그러니 바디우에게 진리는 '무한한 다수성'으로 출현한다. "한 진리의 무한함이란 진리를 기존의 지식과의 무조건적인 동일성으로부터 벗어나게 해주는 것이다."[18]

알랭 바디우는 니체의 그림자 그 자체다. 무조건적인 동일성에 대한 저항. 그는 이념의 공백을 지향한다. 그 공백이야말로 민주주의를 보장한다. 그 공백을 통해서 바디우는 헤겔 미학의 가장 반대편

---

18) 알랭 바디우, 장태순 역, 《비미학》, 이학사, 2010. 26쪽.

까지 나아감으로써 새로운 미학 원리를 수립한다.

물론 새로움은 위험하며 세계를 변화시키는 동력이 된다. 그러나 불행하게도 새로운 '미'는 위험하지 않다. 단지 미적으로 불온할 뿐, 미학은 미학에 지나지 않는다. 미학의 새로움이 세계의 새로움을 보증하지는 않는다. 새로운 미학은 재빠르게 지배계급의 미학으로 박제되거나, 박제를 거부할 경우 철저한 소외를 감당해나가야 할 뿐이다. 다시 반복하지만, 미학의 체제전복이 현실체제의 전복으로 이어지지는 않는다. 미학의 체제전복성은 미학을 둘러싼 문화에 대한 억압으로 되돌아오고, 결국 정치투쟁이 아닌 문화투쟁으로 협애화되는 결과를 초래할 뿐이다. 오늘날의 미학이 예술에 대한 추도사가 될지도 모른다는 아도르노의 말은 빈말이 아니다. 그럼에도 미학이 중요한 것은 세계를 지배하고 있는 동일자적 사유를 파괴할 수 있는 가상 Schein의 우회로가 되기 때문이다.

이것은 일종의 '진지전'에 대한 믿음이기도 하다. 미학을 통한 동일자적 사유의 파괴가 현실문화를 넘어 현실정치의 중심에 설 때 미학을 통한 현실의 혁명은 완수되는 것이다. 그 미래를 위하여 미학은 기다림에 익숙해져야 한다. '기나긴 혁명'(레이먼드 윌리엄스)이란 바로 혁명의 기다림이 아닌가. 또한 그것은 궁극적으로 '나'의 죽음을 넘어서야 하는 일이다. 끝내 '나'의 죽음 이후에야 공동체는 도래하는 것이다. 그렇다면 '나'의 죽음이야말로 이미 시작된 혁명이 아닌가'

그리고 지금
어두운 밤의 이 순간,

두 개의 혁명이 존재한다

하나는 '이' 체제의 죽음
다른 하나는 '나' 의 죽음

'나' 는 지금
죽음 바깥에 있다

그러나 시가
'나' 의 죽음을 불러 오리라.

이수명

시_ 발표회

거주자들

1994년 《작가세계》로 등단

시집 《새로운 오독이 거리를 메웠다》

《왜가리는 왜가리 놀이를 한다》

《붉은 담장의 커브》《언제나 너무 많은 비들》

《마치》《고양이 비디오를 보는 고양이》

발표회

오늘의 발표자들이 발표를 하고 있다. 발표를 하면 사람들이 모이고 발표가 모이면 사람들이 앉아 있다. 구름처럼 앉아 있겠다 한다. 구름이 나선다. 세간 도구들이 벽에 붙어 있다. 세간이 붙어 있고 테이블 위에 이름들이 주저앉는다. 이름들이 앉으면 문이 닫히겠다 한다. 발표자들이 내려앉는다.

내려앉아 발표를 하고 발표는 어디로 떠돌다가 어디로 굴러 떨어지고 굴러 떨어지겠다 한다. 종이가 떨어지고 사람들이 종이를 주으려고 손을 내민다. 손을 내밀면 종이들이 발표장 가득 날아다닌다. 저 종이들을 주워 발표할 기회를 주어야 한다. 종이들이 창으로 날아가 버린다.

발표회는 소란스럽다. 소란이 나서면 발표하는 사람은 발표가 나선다. 발표는 없어지지 않는다. 발표하는 사람은 그만 없어지고 싶은 사람 침엽수 활엽수가 느릿느릿 붙었다 떨어지는 사람 발표하는 사람은 아무 것도 발포하지 않아 발표하지 않는 사람 발표자들은 사이가 나쁘다. 그들은 쉽게 의견의 일치를 보인다.

거주자들

거주를 화내면서
거주자들은 몰려 있다. 1단지 2단지

단지 속으로 단지 속으로
아이들이 울고 들어가고 단지가 쏟아져 있어서

단지가 아주 많아서
같은 단지에 살아요
아름마을 한솔마을 소슬마을
마을을 묶고 머리를 묶고 머리가 아팠다.

이상하게 생긴 볼펜들이 떨어져 있다. 글씨를 이름을 똑바로 쓰도록 권장되었던 교실에서 아주 멀리 떨어져 있다. 잉크는 아무 짓도 하지 않는 잉크가 되어 아무 볼펜도 일으켜 세우지 않는 잉크가 되어 아무 손도 더럽히지 않고 아무나 발로 차는 아무나 만드는 밤이다.

공기를 밀어내려는 듯이 양 쪽으로 길게 단지들이 늘어섰다. 불시에 해가 저편에서 내려오면 단지를 밝히지 않아도 소식이 없다. 소식이 없으면 소식이 없다는 소식이 도착하고 소식이 퍼진다. 남자가 퍼지고 여자가 퍼지고 남자와 여자가 퍼진다. 회의를 하고 화를 내고 회의를 하면서 화를 내고

몰려있고 몰려들고 다시 반을 나눈다. 1반 2반
같은 반이에요 1번지 2번지에요
같은 반이지만 같은 번지인지는 모르지만 같은 반이에요

거주자들은 하나의 거주지처럼 보인다.
아침의 일간지와 저녁의 일간지처럼 보인다.

아침 일간지가 저녁 일간지가 되고 아침 단지가 더 오래된 단지 속으로
들어가고 단지 너머로 새로운 단지들이
위풍당당하게 이상한 소리를 지르며 밀려온다. 거주자들은 계속해서 새 단지를 꺼내고 오랜 단지를 순찰하고 같은 마을을 돌고

모두 괜찮을 것이다.

그들의 거처를 알아내기가 어려울 것이다.

널빤지를 놓고 누운 사람이 있고 어떤 널빤지를 몸에 대고 있기에

널빤지는 표지가 되고 표본이 되고 표가 되어 시간표 번호표 이름표
들이 돌아다니고

1단지 2단지 불어나는 단지에서 단지 사이로 벽 속에 묻은 파이프들
이 불어나고
거주자들은 서둘러
번쩍이는 몸

거주자들은 흠이 없다. 거주의 멸시는 흠이 없다. 거주의 불편을 토
로하면서 거주자들은 날마다 서로 시간을 맞춘다.

완전하게 어울린다.

전명숙

시_뱀

넘어가지 않는 페이지

1999년 《시와사상》으로 등단

시집 《염소좌 아래 잠들다》

뱀

흙과 낙엽과 사금파리 위를 맨몸으로 기다. 묘지 앞 섬칫한 선홍빛 슬픔이 지치도록 적막을 서성거리다. 저벅저벅 발소리 피해 바위사이로 미끄러지다. 몸통이 불룩해지도록 덩어리째 침묵을 삼키다. 길고 긴 나날의 척추 뼈를 흐물거리도록 소화시키다. 똬리 틀고 머리 파묻은 채 바람을 듣다. 외로운 저녁으로 기어 나오다. 뚜벅! 발자국의 경악과 마주치다. 갈색 얼룩덜룩한 등산화와 스치다. 소스라쳐 비명을 죽이다. 쏟아지는 소리를 발작하듯 휘감다.

넘어가지 않는 페이지

이 페이지는

빨리 읽을수록 빽빽하고 촘촘해진다

천천히 씹을수록

뼈대가 딱딱해진다

샅샅이 핥아도 넘어가지 않는 책장

가시를 발라내고 맛을 실컷 보았지만

이 페이지엔 침이 너무 많이 묻었다

펄럭, 한 번도 글자들을 털어내지 않는 종잇장

광물질의 단어들은

소금에 찍어서도 삼킬 수 없다

양들도 뜯지 못할 섬유질로 직조된

문장 위에 듬뿍

생크림을 얹어도 떠먹을 수가 없다

칼이 될 것인지 숟가락이 될 것인지

아직 결정되지 않은,

내용을 소화하려 할수록

완강히 버티는 행간에는
규칙적으로 배열된 철근들이 있다

이 페이지에는 쇳물이 끓고 있다
용암이 부글거리고 있다

채수옥

시_ 빨간 선線

　　닫힌 어둠을

2002년 《실천문학》으로 등단

빨간 선線

똑같은 옷을 입고
똑같지 않은 아이들이 계단을 오른다

빨간 발바닥들은
우측통행을 고집 하고
아이들은 자주 선을 넘는다

사각사각 가위는 종이를 먹고 입만 남았다

연둣빛 창문과 구름이 꽃밭 옆에 놓이고
아이들은 잃어버린 신발을 찾아
색종이 속을 뒤적인다

교실은 점점 안으로 접히고
아이들은 햇살 따라 밖으로 접힌다

여전히,

입만 남은 선생님은

빨간 발바닥을 계단 위에 일렬로 늘어놓고

우르르,

사과알 처럼 넘어져 무릎이 깨져도

아이들은 자주 선을 넘는다

닫힌 어둠을

딴다
경쾌하게 열리는 짓무른 시간
삭아 내린 너의 등뼈
흐르는 내 피부가 함께 어우러져
축제를 벌이는

고등어 꽁치 정어리들…

트랙은 넓고 바다는 멀다
등 푸른 얼룩들 뜯어내는 혀, 이빨들
딱 따닥 춤추는

원형의 통조림

깡통의 청춘,
깡통의 누추함으로
물컹거리는 거리
냄새나는 공기들 녹아 내려

부글거리는 저녁

네가 오늘 나와 함께 낙원樂園에 있으리라*

깡통 속은 안개들로 출렁거린다 누군가 불빛 너머로 전화를 한다 이
곳으로 건너 올 수는 없다고 한다 반쯤 삭은 등뼈가 소주잔을 머리
위로 털 때, 밤은 급하게 취한다 뭉그러진 입들이 박수를 친다

킬킬거리며
어깨동무를 하고
귓볼을 깨물며
우리는 낙원장樂園場으로 들어간다

* 누가복음 23장 43절

현대 미술의
아름다움

화가 심점환과의 대화

대담_ 조말선

프롤로그

아무런 준비도 없이 그를 만나러 나갔다. 분명히 그가 89% 아니 150%의 준비를 해 올 것이라고 믿어졌기 때문일까? 그는 늘 준비가 철저하고 섬세하고 자기가 생각하고 있는 것을 분명하고 세밀하게 말하는 습관이 있다는 것을 알고 있어서 당일날까지 내 노트에는 두 세 개의 질문만을 끄적여 놓은 상태였다. 그의 개인전은 다 찾아보았고 그의 그림에서 느껴지는 불안이 항상 나의 불안과 불안하게 닿아있는 것을 흥미롭게 생각해왔고, 궁금했고, 그의 그림의 표현방법이 하이퍼리얼리즘으로 치닫는다 해도 그의 관념은 더욱 모호해지는 것이 그를 만나고 싶은 또 다른 이유이기도 했다. 그는 노트북과 USB를 들고 와서 나를 안심시켰다.

*

조말선: 선생님 반갑습니다. 이번에 저희들이 시에 대한 미학이라는 주제로 무크지를 내게 되었는데 회화에 있어서 미학은 무엇일까 궁금증을 해소하기 위해서 선생님을 모셨습니다. 이렇게 준비를 해 오셔서 너무 감사해요.

심점환: 미학에 대해서 얘기하자면 한마디로 정의할 수 없는 부분입

니다. '말할 수 없는 것은 말하지 마라'는 말이 있는데 어쩌자고 이 대담에 선뜻 응했는지 모르겠습니다. 문학보다 그림하는 사람들이 미학을 많이 따지고 거기에 대해서 생각할 겨를이 더 많거든요. 사실적인 그림은 모르겠으나 개념미술 쪽으로 보자면 내용은 빈약할지 모르나 철학적인 개념이 풍성한데 예를 들어서 점 하나를 찍더라도 풍성한 작업이 되는 게 개념미술입니다.

조말선: 네, 마침 개념미술과 형상미술에 대해서도 분명한 '개념'을 듣고 싶었어요.

심점환: 거의 모든 회화가 개념미술이라고 보시면 틀리지는 않아요. 작가의 생각이 들어있지 않은 그림은 없으니까요. 베니스비엔날레에서 300점의 이미지를 찍어온 게 있어서 준비해왔습니다(여러 국가관의 이미지들을 보여주심, 독일관, 러시아관, 자르디날, 이탈리아관, 특히 로마관에서 이루어진 퍼포먼스가 인상적, 두 사람의 작가가 관중이 들어오면 퍼포먼스를 시작, 비엔날레의 역사를 보여주는 작업을 함, 특히 예쁜 여자가 하는 퍼포먼스에 눈길을 줌).

조말선: 마치 전시장을 둘러보고 있는 것 같네요. 앉아서 비엔날레를 구경하는군요.

심점환: 전시기간 내내 철판위에 물이 떨어지게 하여 녹이 슬어가는

과정을 보여주는 이런 작업들은 현대미술 즉 개념미술의 미학이 어디까지 확장되었는지 알 수 있어요. 현대미술에서 예술의 경계는 구체적인 오브제를 넘어서 향수, 기억, 집착, 시간의 흐름까지도 보여주는 작업을 많이 하고 있어요.

조말선: 평론가들까지 개념미술과 형상미술의 개념을 명확하게 구분 짓기 힘들다고 하던데요.

심점환: 개념미술을 알려면 미술의 역사 즉, 모더니즘, 팝 아트 등을 알아야 하는데 작가의 생각을 보여주려는 작업, 즉 작가의 생각이 곧 작업이라는 뜻으로 보시면 되고요, 형상미술은 미술전체를 통틀어 즉 즉물주의로 해석하면 됩니다. 풍경화처럼 형상이 있는 미술은 전부 형상미술이라고 보면 되고요. 조제프 코수스가 1961년도에 만든 세 개의 의자의 경우 실제 의자, 이미지로서의 의자, 의자의 설명서 인데 사물로서 인간의 지각에 대해 얘기하는 것 , 상상으로서의 의자, 사유의 대상으로서의 의자를 보여주는 이런 작품은 사르트르의 인식능력에 관한 얘기와 통하는 건데 이런 것을 개념미술이라고 합니다. 고흐가 그린 의자와는 다른 것이지요. 의자의 극한까지 보여줌으로서 사유를 보여주는 것이지요. 그러나 과연 미학적인가하는 관점에서는 논란이 되는 부분입니다.

조말선: 개념미술로 이데올로기를 표현할 수 있나요?

심점환: 예, 리얼리즘쪽이죠. 밀레의 그림과 쿠르베를 비교했을 때 쿠르베의 〈세상의 기원〉, 〈돌깨는 사람〉은 리얼리즘인데 17세 미만의 아이들이 돌깨는 그림을 그림으로써 열악한 사회상을 반영하려는 고발성이 짙죠. 이 그림을 통해서 약자에 대한 배려가 읽히죠. 밀레의 그림은 서정성이 짙은데 겉으로 보이는 그대로 보여주는 것이고 쿠르베는 있는 그대로의 사회상을 보여준다고 할 수 있지요. 모두 작가의 주관이 반영된 것이지요.

조말선: 재현의 관점에서 보면 객관성이 있지 않나요?

심점환: 객관적이기보다는 상투적이라고 보아야하는데. 낭만주의시대의 풍경화는 그런 면이 없지않아 있지요.

조말선: 개념미술은 주로 어디에서 활발히 일어나고 있나요?

심점환: 영국이죠. 조제프 코스스에 대한 오마주로 비주얼 아티스트인 에릭 쿠의 체어 작업을 보면 체어라는 철자로 다시 의자를 조립해서 보여줍니다. 생트 오를랑의 작업을 보면 직접 성형을 하여 성형을 하는 사람들의 심리를 보여주고 있습니다. 성형하기 전과 진행과정, 성형 후의 모습을 보여줍니다. 마크 퀸이 자기 피를 조금씩 뽑아서 실제 사람 몸의 피만큼 모였을 때 냉동하여 자기 얼굴을 조각한 〈셀프〉작품은 영국 개념미술그룹 YBA그룹의 후원자 격인 찰스

사치가 구매했는데 실수로 녹은 적이 있었어요. 이때를 놓치지 않고 마크 퀸이 일갈하죠. '보라 인간은 이렇게 나약한 존재이다, 는 것을 보여주려 한 것이다'고. 데미안 허스트의 〈천년〉은 소머리가 썩어 문드러지는 동안의 라이프 사이클을 보여주는 작업은 실제 인간의 해골에 다이아몬드를 입힌 〈신의 사랑〉은 작업비용이 200억원이 들었는데 그 중 다이아몬드의 가격이 70억인데 940억에 팔린 작품입니다. 돈이 생과 사의 양면에서도 끝없이 작용하는 것을 보여주는 작업이죠. 물론 찰스 사치가 샀다고 합니다.

조말선: 자기 몸을 대상으로 작업하는 작가들을 보면 어떤 생각이 드나요?

심점환: 나중에 말씀드리죠. 하이퍼 리얼리즘, 포토 리얼리즘, 디지털 리얼리즘이라는 용어가 생길 정도로 극사실주의도 개념미술이라고 할 수 있습니다. 헬름 바인의 작품은 완전한 개념미술인데 사진과 회화의 경계를 보여주지요. 극사실로 그린 그림을 다시 사진으로 찍어서 사진을 전시하는 작가인데 이것은 사진이냐 그림이냐는 질문을 던지는 작가입니다. 사진보다 더 정교한 포토 리얼리즘은 사진을 캔버스에 인화하여 그 위에 붓질을 하는 작업을 하는 척 클로스같은 작가의 작업도 현대인의 고독과 물신주의, 도시의 황량함을 보여주고 있어요. 고전적인 창조성에서 보자면 말이 분분한 작업이지만 창조와 재현의 경계는 어디까지인가라는 물음을 던지는 경

우지요. 이런 작가들의 작업을 보면 미학이기보다는 풍류로 보인다. 치기어린 퍼포먼스로 보는 경우죠. 어떤 사람들은 이것이야말로 현대미술의 극한을 보여주는 것이라고 하지요. 어차피 예술이 일반성이나 대중성을 넘어설 수 밖에 없는 것이라면 특수한 소수가 '이것이 예술이다' 하면 나머지 60억인구가 따라가는 추세가 예술, 특히 현대미술의 예술입니다. 그렇다면 미학이나 예술이 왜 필요한가라는 의문이 들지요.

조말선: 날로 먹는 작가들이 있다는 말씀이네요.

심점환: 17세기의 작가 〈샤르뎅〉은 주목받지 못했는데 사후에야 명성이 생겼죠. 그 시대에는 신이 중심에 있었기 때문에 성화나 귀족의 그림이 가치를 받는 시대였는데 비천한 자들을 대상으로 그림을 그렸죠. 하녀들의 일상, 식탁, 특히 〈회복기 환자의 식사〉라는 그림은 하녀가 계란을 까고 있는 작업을 대상으로 그린 작품인데, 그의 눈에는 아름답게 보인 이런 작품들이 19세기 세잔에 의해서 〈샤르뎅 회고전〉이 열려 인상파화가들에게 예술이 무엇인가라는 물음을 던지는 계기가 되었어요. 방정아의 그림들이 샤르뎅의 시선과 닮아 있다고 볼 수 있습니다. 〈급한 목욕〉, 〈휴우~〉, 〈틈틈이〉〈춘래불사춘〉, 〈훌륭한 풍경〉, 〈오리 스무마리〉 같은 작품들이 있는데, 사람들의 사소한 일상을 보여주는 작업을 하고 있죠.

조말선: 선생님의 작품은 잘 팔리나요?

심점환: 팔릴 만한 그림을 그리면 팔리기도 합니다. 그러나 작가들은 최후의 선을 넘어서면 안된다는 고집이 있습니다.

조말선: 아름다움은 무엇이라고 생각합니까?

심점환: 이율배반적인데요. 실제로 아름답다고 생각하는 것과 추구하는 아름다움은 다르게 표현됩니다. 미를 추구하는 작업은 하지 않지요.

조말선: 단순히 미가 아니라 심미적 쾌감으로 확장해야하는 것 아닐까요.

심점환: 마침 오늘 찾아온 후배작가와 대화를 했는데 천재성이 없다는 자각이 생긴 후로 사람들과 공감가는 작업을 하고 싶다고 했죠. 밥 먹을 때나 길을 걸어갈 때나 밀려오는 이 실존적 불안을 공감하는 사람들이 있다면 좋겠다고요. 창조성에 대한 강박관념은 작가들에게 늘 있는 것인데 어느 순간 새로움에 대한 부담이 점점 없어지고 있습니다. 꼭 새로워야하는가 라는 의문을 품죠.

조말선: 새로움을 계속 추구했나요?

심점환: 임팩트가 강한 작업을 하고 싶었죠. 새로움과는 상관이 없는 것이죠. 몇몇 비평을 참고하자면 제 작품을 호평하는 사람들도 간혹 있지만 토틀리지나 클리세가 심하다는 비평을 늘 들어오고 있는 것이 사실입니다. 그것은 제 작업을 제가 알고 있고 괴로워하고 있는 부분입니다.

조말선: 알면서도 그리로 가는 것은 무엇일까요?

심점환: 조시인은 그런 경우 있나요?

조말선: 알고있지만 가는 경우는 깊이 들어가지 못한 경우입니다. 공부가 부족한 경우죠.

심점환: 얼마전 성곡미술관에서 팔린 〈시의 조건〉이라는 작품은 백석의 시에 나오는 오브제들을 다 그려넣은 그림인데 예술의 조건은 무엇인가, 라는 물음을 스스로에게 물었죠. 조건이 갖추어졌다고 시가, 그림이, 예술이 완벽해졌다고 할 수 있을까요? 제가 가진 이런 개념자체가 클리세라고 지적받은 적이 있는데 모르겠어요. 수용하기도 하고 안하기도 하는데 제 작품이 문학적인 관념에 빠져있는 것은 사실입니다.

조말선: 이번 여름 미광화랑에서 본 그림들을 보며 고통스러움을 전

달받았습니다. 제가 고민하는 모습과 겹쳐지면서 끝내 어딘가에 도달하지 못한 대 대한 고통과 불안이 전해졌지요. 선생님의 작품은 너무 관념적이어서 시인들에게 사랑받지요.

심점환: 클리셰를 벗어나야하는 걸까요?

조말선: 작업하며 의식했나요?

심점환: 의식은 하죠. 그러나 사람들이 모를수도 있다고 자위하며 그림을 그립니다.

조말선: 저 또한 작업하며 느끼는 부분인데 클리셰인줄 알면서도 갈수 밖에 없는 것은 인식의 깊이가 얕다는 경우입니다

심점환: 이백프로 공감이 확 옵니다.

조말선: 선생님이 매달리는 사유와 불안은 무엇입니까?

심점환: 저는 문학적인 작업이 좋아요. 문학을 좋아합니다. 늘 문학적이기를 바랍니다. 불안에 대한 사유가 왜 나를 지배하는지 모르겠어요. 누가 좀 가르쳐주면 좋겠어요. 늘 불안을 느낍니다. 삶에 대한 의문, 존재론적인 의문과 회의를 늘 느낍니다. 제 작업이 다른 주제

로 나아가지 못하고 늘 제자리걸음을 하고 있는 이유이기도 합니다. 예술은 늘 새로워야하는가라는 의문은 저뿐만 아니라 많은 이들이 품는 의문입니다.

조말선: 새로움이 아니라 낯설게 해야하는 것 아닐까요. 주제는 같더라도 다르게 와 닿아야 하는 것이 중요하죠. 선생님의 초기작품을 접했을 때 굉장히 낯선 경험을 했거든요.

심점환: 그러나 초기작품도 고야의 작품 〈이성이 잠들면 요괴가 깨어난다〉는 작품과 비슷한 느낌이고요 고야도 다른 이의 작업에서 영향을 받았지요. 토틀리지나 클리셰는 늘 작가들을 괴롭히고 있지요. 주제가 아니면 형식이라도 바뀌고 형식이 아니면 주제가 바뀌어야 하는데 우리는 이율배반적인 논리속에 빠져 있습니다.

조말선: 선생님의 대담을 찾아보다가 나는 혁명가이다라는 말을 봤습니다. 왜 그랬나요?

심점환: 그런 적 없습니다.

조말선: 그래요. 모습은 꼭 혁명가다운데 그림은 너무 섬세해서 놀랐거든요.

심점환: 회화가 문학을 닮아 있으면 그림은 혁명하기 힘듭니다. 잭슨 폴록이 그것을 깨버렸죠. 앵그르나 다비드를 경멸한 그는 회화가 왜 서사를 얘기하고 있느냐고 반발했지요. 근대미술이 정치적이고 역사적인 서사를 많이 품고 있지요. 그에 반해 그림은 순수한 형상과 색채를 보여주는 것이다, 는 것을 보여주는 것이 그의 작업이지요.

조말선: 시는 또 그런 역사적 서사에 기대기도 하고 폴록처럼 흘려 쓰며 우연에 기댄 작업을 한 경우가 있습니다.

심점환: 논란의 대상이 되기도 하지만 뭐든 수용이 가능한 게 미술계입니다. 피에르 만초니가 자신의 똥을 깡통에 담은 작품은 90개가 모두 팔린 경우죠. 전량 솔드 아웃되었죠. 가격을 결정한 게 재밌는데 무게를 달아서 금 시세와 동일하게 쳐주었지요. 똥인줄 알고 구매한 사람들이 현대미술이 무엇인지 이해하고 사갔는지는 아무도 알 수가 없지요.

조말선: 임팩트로 성공한 경우인가요. 선생님의 전시회에서 딱 한 개가 팔린 것을 보았어요.

심점환: 그것도 소품이지요. 미술이 세계적인 작품이 되는 경우도 있지만 그 지역성의 한계가 문학보다 심할 겁니다. 배병호의 소나무 사진이 뜨게 된 계기가 폴 메카트니가 샀다는 이유가 계기였지요.

조말선: 선생님의 작품을 누가 호평하기를 바라나요? 아니면 어떤 전시관에서 전시하고 싶나요? 뜨기 위해서?

심점환: 그 부분에 있어서는 솔직해지고 싶어요. 그렇게 뜨기 위해서는 제 작품은 너무 선명합니다. 코에 걸면 코걸이 귀에 걸면 귀걸이가 되려면 애매모호해야하는 데 제 작품은 절대 힘든 부분이죠. 요즘은 아트 페어의 역할이 큽니다. 화상들의 역할이 커졌지요. 그림을 전공하지 않은 사람들도 많은데 미학보다는 풍류에 기댄 경우가 많아요.

조말선: 풍류라면요?

심점환: 개인적 취향이상이 아니지요.

조말선: 내 인생에 대한 예의를 지키기 위해 나는 그림을, 예술을 한다고 하셨는데 거기에 대해 말씀해 주시죠.

심점환: 뒷조사 많이 했네요. 제 작품이 후세에 남아 길이 보전되었으면 좋겠다는 열망으로 그림을 그려왔는데 어느 순간 제 작품이 박수근이나 그 누구처럼 되지는 못하겠다는 절망을 하던 어느 날 아마데우스를 보고 살리에르가 모차르트를 질투한 나머지 십자가를 불에 던지며 '당신의 피조물을 파괴하겠다' 고 맹세하지만 결국 자기 자신이 천재성이 없음을 한탄하는 것을 보았어요. 몇 번이나 그 영

화를 보았지요. 그 장면을 보며 나는 천재가 아니구나, 나는 그림에 소질이 있는 사람이구나 하는 자각을 했지요. 그리고 내가 할 수 있는 만큼만 하자는 생각을 하며 편안해졌어요. 그후 그림에 더 집중할 수가 있었어요. 제가 그림을 그리기 위해서 희생한 것들이 많아요. 가끔 바둑을 두는데요 250수 정도 두면 바둑은 끝이 납니다. 수가 딸리면 초반에 돌을 던지는 것이 예의인데, 중반을 넘어서서 돌을 던지는 것은 상대에 대한 예의가 아니거든요. 배운다는 마음으로 끝까지 두어야하는 거지요. 질 줄 뻔히 알면서도요. 지금 와서 제가 그림을 그만 둔다는 것은 내 인생에 대한 예의가 아니거든요.

조말선: 프로젝트 빔을 통한 이미지를 볼 수 있어서 정말 감사해요. 미학이란 결국 보고 느끼는 데서 발생하는 어떤 심미적 쾌감이라고 할 수 있네요. 말로 할 수 없는 쾌의 감정이라고 할까요. 말로 할 수 없는 것을 말로 다 할 수 밖에 없는 것이 시가 해야 할 일이라면 말로 다 할 수 없는 것을 보여주어야하는 것이 회화의 역할이라고 밖에 달리 할 말이 없네요. 긴 시간 동안 수고하셨습니다. 감사합니다.

*

에필로그

사진을 찍어주려고 같이 온 정익진시인은 이미지가 뜰 때마다 작가
와 작품의 제목을 중얼거렸다. 그는 왠만한 화가보다도 정보에 능한
정익진시인을 신기해했다. 그의 그림을 좋아하는 유지소시인은 현
대회화를 일목요연하게 감상하고는 오랜만에 문화적 충격을 받은
듯 황홀해보였다.

심점환

1961년 부산 출생. 1989년 동아대학교 예술대학 서양화과 졸업.
1992년 동 교육대학원 미술교육학과 졸업.

개인전

2013   '사유의 숲' (미광갤러리 초대 / 부산)

2008   '이미지의 귀환' 롯데 갤러리 부산 본점 초대전(부산)

2002   아트 인 오리 초대전(부산)

2001   '불안한 풍경' 부산 시청 전시실(부산)

2001   열린 화랑 초대전(부산)

1999   '사유의 숲'(포스코 미술관 초대 / 서울, 롯데 갤러리 초대 / 부산 본점)

1997   누보 갤러리 기획(부산)

주요 단체전

2013   박재현 심점환 2인전 '불안한 현실과 허상'(킴스아트필드 / 부산)

        '부산 발發' 5인 기획전(성곡미술관 / 서울)

        부산 국제아트쇼 특별전 아트 액센트 '플랜―B' (벡스코 / 부산)

        '키워드 부산미술' 전(미부아트 센터 / 부산)

2012   한국근현대미술특별기획전 '여기 사람이 있다' (대전시립미술관)

2012	부산국제아트쇼 지역작가특별전(벡스코 / 부산)
2011	'서울미술대전 – 눈을 속이다' 전(서울시립미술관 / 서울)
2011	'부산, 익숙한 도시 낯선 장소' 전(신세계 갤러리 기획 / 부산)
2010	리얼리티의 황홀한 유혹(소울 아트스페이스 / 부산)
	I Love Star'展(서울 / 강남구청 '복도 안에 미술관')
2009	미술과 놀이전－Art in Super Star(예술의전당 한가람미술관 기획 / 서울)
	블루닷컴 아시아2009(예술의전당 한가람미술관 / 서울)
2008	부산의 발견전(부산시립미술관 기획 / 부산)
	바람난 사십대전(스페이스 배 기획 / 부산)
2007	때를 밀다 전(대안공간 반디 기획 / 부산)
2006	부산 비엔날레 바다미술제 리빙퍼니처전(파빌리온 전시관 / 부산)
	아시아 아트페스티발 – 아시아 현대 미술전(창원 성산 아트 홀)
2005	장면– 트라우마(서울시립미술관 기획)
	실재를 우회한 그리기전(부산시립미술관 기획)
2004	부산비엔날레 국제현대 미술전(부산시립미술관)
2003	물의 이미지전(부산시립미술관 기획, 용두산 미술관 / 부산)
2002	아시아 정신전(부산문화회관 전시실)
	영남, 호남 그리고 충천전(대전시립미술관 기획 / 대전)
2001	부산형상미술의 한 단면전(광주시립미술관 기획 / 부산)
	우울한 세기의 징후전(대전시립미술관 기획 / 대전)

| 2000 | 형상미술 그 이후–형상, 민중, 일상전(부산시립미술관 기획 / 부산) |
| 2003 | "오늘의 작가상" 본상 수상(부산미술협회 주관) |

주요 작품 소장처

부산시립미술관(불안한 꿈 200×300, 아내의 일기 130.3×162.1, 불안한 가계 112.1× 145.5cm)

대전시립미술관(풍경–지하철 1호선 140×265cm)

국립현대미술관 미술은행(더글라스 앤 고흐 116.7×91.0cm)

아라리오 미술관(스칼렛 마리아 요한슨과 진주귀걸이를 한 소녀 162.1× 130.3, Oil on Canvas)

메디시티 부산 부전동(더글라스 앤 고흐 II 130.3×162.1cm, Oil On Canvas)

부산은행 본점(불안한 산책 130.3×162.1cm, Oil on Canvas)

성곡미술관(시의 조건 112.1X162.1 Oil on Canvas, 존재의 방 112,1×145,5 Oil on Canvas, 바다에 누워 91.0×116.7 Oil on Canvas)

정익진

시_화이트데이

불량주화

산문_멜랑콜리아

1977년 《시와 사상》으로 등단.
시집 《구멍의 크기》 《윗몸 일으키기》

화이트데이

머릿속을 지우개로 하얗게 지우는 날이죠.

화이팅 하지 말고
'화이트' 해 보세요.

냉동실에 얼려놓은 초콜릿을 꺼내먹어요.
천천히, 슬로울리, 제발 느긋하게 녹여주세요.
검은 모자에 대한 기억은 잊어버리고
달콤하게 흘러내리는 시간을 즐겨요.

혓바닥이 길어 질 수도 있겠지만,
수십 개의 초콜릿을 녹여 서로의 몸
구석구석 혀로 발라주는 거죠, 그리고…
뭐, 그렇게 하는 거예요.
꽃, 꽃도 있으면 좋죠.
웨딩드레스 같은 순백의 꽃을요.
꽃다발로 몇 번 세차게 휘둘러보세요.
하얀 꽃잎이 분분히 날리게요.

술잔에 입술적시며

흐느끼는 음악을 틀고 시를 읽어주세요.

말 많이 하지 않기, 발도 씻어주고

머리카락을 뒤로 넘겨주고, 귓불도 좀 만져주세요.

서로의 손가락을 깍지 껴보세요.

그리고 서로의 욕망을 마음껏 빨아먹어요.

머릿속이 하얗게 될 때까지요.

뭐라 하건 말건

어질러진 대로… 그렇게…

백치나무들 처럼요.

화이트하세요.

불량주화

뒤통수만 있고 입술은 오므리고 있다
벌레를 쥔 손바닥만 남아 있고 손등은 없다
귀가 없다 원래 없었던 것처럼 없다

눈 한 쪽만 남았는데 원래 눈 한 쪽만 있었던 것 같다
타다 남은 날개가 물에 젖어있다
지진이 있었고 한파가 몰려왔다

앞면은 날아가는 개, 뒷면은 땅을 파는 독수리
앞면은, 잠수함의 잠망경에서 담배연기가… 뒷면은,
다섯 자루의 만년필

앞면은 1973/500/한국은행, 뒤는 날개 접은 학/이천오백 원,
1014/100/조선은행, 뒤는 세종대왕/삼천 원
2020/새마을 금고, 뒤는 아브라함 링컨/one cent

토끼와 天使 가브리엘은 언제쯤 나타날까
p.s. 돌연변이 의자처럼 높은 가치를 가진다

멜랑콜리아

11. 11. 아파트, 나무 그림자

가을을 느낄 새도 없이 바로 겨울이다. 추웠다. 과일들도 추워보였다. 설익은 낙엽이 아파트 이곳저곳에 떨어져 있다. 아직 바스락거리지 않는 나뭇잎들, 나뭇잎은 떨어지고 나뭇잎에 덮여서⋯ 우리들 사랑이 사라진다 해도⋯ 내 싸늘한⋯ 뚜와에무와의 박인희의 목소리가 떠오른다. 이필원의⋯ 약속, 약속⋯ 그 언젠가 만나자던 너와 나의 약속⋯ 이들의 목소리가 바닷가 소라를 귀에 대고 있을 때처럼 아득하고 신비스럽게 느껴진다.

신발이 없어 졌다. 지난 밤 바람이 많이 불더니⋯ 얇은 헝겊으로 만든 여름용 신발을 말리려고 베란다 난간에 놓아두었던 신발이 4층 아래로 떨어졌다. 신발을 찾기 위해 아파트 어두운 지하실로 내려가⋯ 삐거덕, 문을 열고 나가니⋯ 웬 남자가 웃통을 벗고 앉아 신문을 보고 있었다. 나는 매우 놀랐다.

아파트의 어느 한 편, 커다란 벽에 비친 그것은 나무 그림자였다.

나무 한 그루의 〈그림자 수묵화〉! 얼마나 통쾌하게 붓을 쳤는지 아직도 그 메아리가 귓전을 친다. 화선지 위에 먹물 한 통을 그대로 쏟아 부은듯하다. 잭슨 폴록은 물감 수천, 수만 방울을 떨어뜨려 그림을 완성했지만… 오늘의 〈그림자 수묵화〉는 그냥 한방에 완성을 본 것이다. 단 한방의 동양철학. 단 1, 2초안에 한 점을 그려내는 수묵화를 본 적이 있다. 속도만큼이나 날카롭더라.

11. 12. 펜, 미부아트홀

방 정리를 했다. 특히 우편으로 부쳐온 시집들을 정리했다. 시집을 받고도 답장을 못 해준 시집들… 차근차근 시집들을 읽어보고 답장을 꼭 해드려야 겠다. 잡지는 잡지대로 시집은 시집대로 정리하였다. 어젯밤 '힐링 캠프'에 신경숙 작가가 출현했다. 처음부터 끝까지 노란 만년필을 손에 쥐고 놓지 않았다. 내 눈에는 단지 그것만 보였다. 프로그램 막바지에 가서 신경숙이라고 써진 만년필을 선물 받고 나서야 펜을 놓아주었다. 노란 만년필은 이경규 씨에게 주고, 선물 받은 만년필을 손아귀에 넣었다. 작가들에게 펜이란 탯줄이다. 목숨이다. 부적이다. 방패와 같은 것이다.

송도 혈청소 가는 길… 화랑에 갔다. 미부 아트홀이라고 개인소유 화랑인지 잘 모르겠으나 2, 3층 포함 건물 전체를 쓰니까 규모가 큰 편이다. 전시제목은 〈yellow… ing〉 전 이다. 부산작가들의 작품들이다. 그룹전인데… 정문식 작가의 그림이 마음에 들었다. 부산의 어떤 장소들을 그렸다. 폐허가 된 장소들이다. 그런데 그 폐허가 물에 잠겨버린 것이다. 암울한 푸른 색조가 그림 전체에 은은히 깔렸다. 처음에는 물속인 줄 몰랐다 나중에 자세히 보니 물이끼가 사물에 붙어 조용히 꿈틀대고, 아주 작은 물고기들이 헤엄치고 있었다. 김현신의 바나나 그림들을 보면서 야요이 쿠사마의 작품 〈호박〉이 떠올랐다. 얼마 전 대구에서 전시회가 있었다는데 그만 가보지 못했다. 우리 집 탁자 위에 놓아둔 바나나에 까만 점이 번져갈 때 왠지 소름이 돋았다.

11. 13. 김정란 시인

시 전문 계간지 《시로 여는 세상에》에 게재된 김정란 시인의 특집 대담 내용 중 몇 자를 옮겨 적는다.

… 그러나 문학은 세계의 아픔에 관심을 기울이고, 그것이 지속되지 않도록 노력 할 의무가 있습니다. 인간이 하는 행위중 비정치적인 것은 아무것도 없습니다. 그런 의미에서 '순수파' 란 공허한 이름입니다. 비정치적인 문인은 그 비정치성으로 기득권자들에게 동의하는 결과를 만들어 내는데 그것 역시 정치적 행위입니다. 진정한

문학은 진보적이라고 생각합니다. 주어진 현실에 안주하고 세계의 기득권 유지에 봉사하는 문학은 아무리 뛰어난 미적 성취를 가지고 있다 해도 그것은 문학적으로 의미가 없다고 생각합니다. 그런 문학의 아름다움은 진정한 아름다움이 아니라 장식적 취향에 불과하다고 생각합니다 (2013년 가을 호에서).

모더니스트는 당대의 부조리함과 어떻게 싸워 나가야 할까?
세계의 아픔을 어떻게 표현해야 할까?
사르트르, 카뮈 등등의 실존주의자들은 사회의 정의에 대해 어떻게 반응했나?

오스카 쉰들러가 수백 명의 생명을 구하고… 어느 땐가 바라본 노을을…

11. 14. 강은교 시인의 눈썹론

하루 종일 피곤하고 우울하고, 외롭고, 힘든 하루였다. 그러나 막판에 역전.
저녁 8시부터 모든 상황이 좀 괜찮아졌다. 집중력이 생겼다. 저녁 때 부민동 동아대학 앞의 어느 카페에서 몇 편의 시들을 퇴고하고… 카페라테를 마시며 강은교 시인의 〈눈썹론〉을 읽어보았다. 그리고 집으로 돌아와 자려는데 커피를 마신 때문인지 거의 잠을 자지 못했다. 예전에 녹차를 마시고도 잠들지 못했었다. 밤새도록 눈알을 얼음물에 담가 놓은 듯… 카페인에 매우 민감한 체질인가 보다.

시울림이란 시낭송회에 강은교 시인이 초대시인으로 나와 강의를 했다. 여러 가지 이야기를 했는데 파편적으로 생각 날 뿐이다.

바흐를 들으며 설거지를 하다가 걸레질을 하다가 부엌 식탁에 앉아서 글을 쓸 때도 있다. 흘러나오는 시와 의도해서 적은 시들… 좋은 시라기보다는 읽고 싶은 시들… 잘 쓴 시들은 많지만 좋은 시들이 없다. 시는 자유이다. 과거의 한 때 주류가 모더니즘이었다… 때문에 시에 감동소가 없다. 절규가 없고 연애시가 없다. 아름다운 백석의 시들…시를 그만두어야겠다는… 이젠 끝이라는 생각… 고독이 밥이다… 이와 같은 말들을 떠올리며… 괜히 또 우울해진다.
강은교 시인의 〈눈썹론〉 중에 몇 구절 옮겨 적는다.

〈네 닢〉
그런데 그대는 진정 고독한가. 시인이여. 그중에서도 無明이며 無名인 無能시인이여.
진정 고독하여 우연의 언어들을 필연의 허리 위에 얹을 수 있는가.
질문하고 또 질문하지만, 그대도, 나도 이미 무명시인이 아니구나. 아니라 하는구나.
명찰은 이미 닳고 닳았구나.

〈열 일곱 닢〉

부탄을 아는가. 저 '폴리요' 라는 외딴 섬에서 판타나 나무의 탐스런 열매를 먹으며 사는 도마 뱀. 그 누군가의 눈만 부딪혀도 나타나지 않는 그것. 누군한테든 자기를 들키면 꼬박 3주간을 나무에서 내려오지 않는 그것.

그대의 시. 그럴 수 있는가. 무명시인이여. 부탄만큼이라도 부끄럼을 아는지. 그렇게 고독한지.

11. 14. 그 이후 며칠

the, 그

그,
　그 말이야

그 이후의… 기타 줄을 잘라먹었어.
내가 기억 할 수 없는 그 시간이
가장 아름다웠는지 모르지.
내가 죽은 그 시간이
가장 아름다웠는지 모른다.

나의 취향과 너의 관점

그 외, 모든 것을 합한 것이 그것이다.

정의 할 수 없는 그것,

말하려고 하는 그것,

나는 너를 다 놓쳐버렸다.

중독되지 않는 한 피폐할 수가 없다.

그래서 나는 언제나…

피폐고 참혹이다

끊임없이 중독되기를 바란다. 그것에게

2013. 12. 1. 에릭사티

매일 매일을 창조적인 삶을 살고 싶으신가요. 여태껏 한 번도 들어보지 못한 소리를 들어보실래요. '인간적인 너무나 인간적인'이란 제목의 저서가 있지만, '독보적인 너무나 독보적인' 프랑스의 작곡가 에릭 사티Erik Satie의 곡, '짐노페디'를 듣고 큰 충격을 받았다.

하지만 이 작품을 방송이나 오디오를 통해 접한 것이 아니라 연극 관람석에서 처음 들었기 때문에 당시에는 이 곡에 대해서 전혀 몰랐어요.

88년 어느 날, 부산시민회관 소극장, 일본연출가 오타 쇼고의 침묵극 '물의 정거장'을 보고는 마약을 한 사람처럼 한동안 정신이 몽롱했다. 연극의 시작부터 끝까지 대사 한 마디 없었을 뿐만 아니라 모든 배우의 동작을 완전 느린 동작(슬로비디오)으로 처리했다. 실행하기 어려운 움직임들이 무대 위에서 행해졌다. 거기에다 극의 배경음악으로… 시작부터 끝까지 아주 단순하고 아주 느린 피아노 음을 계속 반복했다. 보라색 빛이 어렴풋한 심연 속으로 끝없이 가라앉는 느낌. 그 후, 이 배경음악이 사티의 '짐노페디'라는 것을 96년 시창작 수업 중에 강의를 맡은 선생님께서 들려주었을 때 비로소 알게 되었습니다.

'한 번도 들어보지 못 한 소리' 라는 개념은, '이 세상 사람들이 한 번도 말하지 못 한 문장' 이라는 화두로 전환되어 저의 시 창작에 지대한 영향을 미쳤다.

1번, 느리고 괴로운 듯이. 2번, 느리고 슬프게. 3번, 느리고 장중하게. 이와 함께 또 다른 곡에 붙어 있는 특이한 제목과 연주표기들 즉 '개를 위한 엉성한 전주곡' '벡사시옹: 초조, 괴로움, 짜증(840번 연주하라)' '말의 옷차림으로' 등등의 독특한 작품들. 그에 못지않게 사티의 인생 또한….

'에릭 사티에 부쳐' 라는 연작시를 써 볼까 하는 생각이 들었다. 사티는 가장 단순하고 가장 쉬운 음으로, 또한 가장 짧은 곡의 길이로 기존의 음악과 가장 다른 소리를 창조한 작곡가이다. 그리고 예술적으로 최초로 가장 강렬하게 내 심장에 꽂혔던 음악이 〈짐노페디 Gymnopedie〉다. 그다음이 말러의 2번 교향곡 〈부활〉이다. 조정권 시인이 말러의 교향곡들에서 영감을 얻어 〈산정묘지〉라는 굉장한 시들을 창조한 것과 같이… 가령 가장 쉽고 가장 적은 단어로 가장 이상한 시를 써볼까 하는 생각을 했다.

12.2 최민식

　롯데 백화점 광복점에서 최민식 사진전을 둘러보았다. 〈소년 시대전; 등에서 크다〉의 연작들… 1960년대의 부산… 서민들의 삶을 가감 없이 그려내고 있다. 선생님의 아들이 운영하는 남천동 '소담골'에서 세드나 모임도 많이 했었고… 돌아가시기 전 몇 년 전 시 관련 행사 때문에 만나 뵌 적이 있고… 시인들 사진도 찍어주시고… 또 언젠가 소주에 삼겹살 놓고… 여럿이서 함께 하기도 했었는데… 몸동작이 날렵하고 그리 정정해 보였는데… 큰 별 하나 졌다. 내 휴대전화 속에 사진 여러 점을 넣어두었다.

　전시회는 1957년부터 현재까지 부산의 자갈치시장, 광안리 해변, 영도 골목, 부산역 등지에서 작가의 카메라에 담긴 각계각층의 어린이들의 사진들이 선보일 예정이다. 전시에는 미공개작 130여 점을 포함해 150여 점의 아이들 사진이 전시된다. 특히 이전까지 어디에서도 볼 수 없었던 심지어 단 한번 인화조차 되지 않았던 우리 시대의 초상들이 공개될 예정이다.

　"나에게 있어 사진창작은 민중의 삶의 문제를 의식하는 것이며 민중의 참상을 기록해 사람들에게 인권의 존엄성을 호소하고 권력의 부정을 고발하는 데 그 목적이 있다. 현실이 가진 구조적 모순을 알리기 위해서는 가난한 서민들에 대한 사랑이 먼저 사진 속에 녹아들어야 한다"

12. 4. 마크 로스코

송도바닷가를 산책하며 바다를 바라본다. 바다 수면은 똑같은 색깔이 아니다. 여러 층이 있다. 그냥 푸른색, 아주 시퍼런 색, 암청색, 녹색, 더 짙은 녹색의 바다 수면을 바라보며 마크 로스코의 그림들을 떠올렸다. 그의 그림은 심연이다. 바다 저 아래에서 움직이는 물의 멜랑콜리아.

12. 17. 흐린 날

눈이 내릴 것같은 날씨, 눈은 내리지 않지만 낮이라도 밤 같은 날이다. 속풀이 겸 해서 명태찌게를 먹는다. 바닷냄새가 난다, 바다 위의 하늘은 우울한 눈빛이다. 눈 내리는 날의 스산한 풍경과 함께 어시장 한 귀퉁이에서 술 한 잔 하는 장면을 떠올리며, 커튼 드리운 이 흐릿함 속에서 나는 안온하고 따뜻해진다. 몇몇 피붙이 같은 이들과 함께 어시장 근처 여인숙 방 하나 잡아… 물고기 몇 마리 썰어놓고… 뜨거운 매운탕 냄비를 둘러싸고… 퍼질고 앉아 잔을 기울이며 며칠을 보내리라. 갈망해본다. 밤이 되어 눈 대신 비가 내린다.

12. 22. 세계와 역사의 몽타주, 벤야민의 아케이드 프로젝트.

'관상'… '미스 a를 위한 건물 프로젝트'… '건물 프로젝트'… '사람이 장소이다'… 패션과 건축물… 뭐 이러한 것들을 메모해 두었지만 아직 글은 쓰지 못하고 있다. 미스 a는 걸 그룹 미스 a가 아니다. 미술전시회의 제목이다. 〈갤러리 627〉에서 본 전시회… 뭐냐면… 미스 a라 불리는 그 여자의 사진을 실물 크기로 거울에 오려 붙인 미술 작품이다. 검은색 바바리코트 차림에 길고 검은 머리카락의 매력적인 몸매를 가진 미스 a다. 여러 가지 포즈를 취하고 있지만, 얼굴을 절대 보여주지 않는다. 말하자면 미스 a가 거울 안에 서 있다... 거울에는 미스 a를 바라보는 내가 비친다. 그러니까 내가 미스 a를 보고 있는 남자다. 내가 미스 a를 욕망하는 것 같이 보인다. 여성을 욕망하는 남성의 시선 이것이 작품의 의도인 것 같다.

나 자신 별로 꾸미지는 않지만 패션을 좋아한다. 여성들이 화장하는 것을 좋아하기도 하고… 화장을 미술로 본다. 화장도 욕망이고 시도 욕망이다. 원형으로 지어진 백화점 4층 남녀 기성복 매장, 자라, 망고 매장, 모자 매장 등을 산책 하듯이 둘러본다. 가을 남성 신상품이 진열장에 진열되어 있다. 잘 빠진 마네킹들이 걸치고 있는 오늘의 컨셉은 블랙이다. 검은색 패턴이다. 검은색이 대세인가보다… 메모장을 꺼내어 black, all black, black beauty, 라고 적어둔다.

베토벤이 해질 녘 숲길을 산책하는 흉내를 내며 뒤짐을 쥐고 어슬렁 어슬렁, 백화점의 이모저모를 구경하며, 매장의 사장이라도 되는 듯이… 망고 매장에 사진 속의 모델이 입고 있는 물방울 무늬 윗옷… 검은색 바탕에 흰 눈송이 땡땡이 무늬였다. 자세히 보니 미란다 커가 모델이었다. 특히 눈매가 매력적인 배우이다. 갑자기 벤야민 생각이 난다. 벤야민의 〈아케이드 프로젝트〉를 아직 읽어보지 못했다. 서점에서 얼핏 보니 대형 백화점만큼이나 크고 두터운 책이었다. 검색해보았다.

백화점 혹은 욕망과 허영의 각축장 : 발터 벤야민

19세기 아케이드는 보들레르가 "무시무시한 새로움! 모두가 눈요기!"라고 경악했던 유행, 즉 패션이라는 세계가 펼쳐지는 욕망의 각축장입니다. 벤야민은 빠르게 부르주아 여성들의 과시욕 전시장으로 변모해가는 아케이드를 통해, 20세기 백화점이 어떻게 여성 소비자들의 욕망을 패션을 통해서 강화하는지를 통찰했습니다. 백화점에서는 물건 값을 에누리하거나 흥정하지 않습니다. 체면문제입니다. 여기서는 상품의 사용가치가 아닌 교환가치로, 혹은 상품을 자신의 체면이나 허영을 충족시키는 기호로 구매하는 소비자들의 욕망을 읽어낸 것입니다. 한편 백화점은 고가의 상품을 사는 사람과 그것을 동경하는 사람들이 동시에 공존하는 공간입니다. 도취감과 돈을 벌어야겠다는 의지가 암묵적으로 교차되는 공간이기도 합니다. 이런 이유로 자본주의적 욕망을 훈련하는 공간입니다. 벤야민이 백화점을 종교적 도취에 바쳐진 사원이라고 한 것도 이 때문입니다. 부르디외는 이러한 현상을 '구별짓기distinction'라고 불렀습니다.

데카르트Rene Descartes(1596~1650)를 포함한 많은 철학자들은 인간이 합리적 존재이기를 희망했지만, 인간은 합리적이고 이성적이기보다는 오히려 탐욕적이고 잔인할 뿐만 아니라 질투심으로 가득 찬 허영의 존재에 가깝습니다. 이런 인간의 추악한 모습을 예리하게 통찰했던 이가 파스칼Blaise, Pascal(1623~1662)입니다. 이런 파스칼의 관점을 따랐던 예링Rudolf von Jhering(1818~1892)은 인간을 "변화욕, 미적 감각, 겉치레를 좋아하는 것, 모방본능"을 특징으로 하는 존재라고 말했습니다. 동물과는 다른 인간의 고유성으로 규정될 수 있습니다. "변화욕, 미적 감각, 겉치레를 좋아하는 것, 모방본능" 등은 패션에 대한 인간의 본능을 규정하는 성격이기도 합니다.

예링은 패션을 개인적 차원이 아니라 사회적 층위에서 사유합니다. 패션에 대한 예링의 주장은 첫째, 패션은 상류사회에서 기원한다. 둘째, 중간계급이 상류사회의 패션을 모방하면 곧바로 소멸한다. 셋째, 중간계급의 패션은 상류계급의 패션을 모방하므로 '폭군적 성격'을 지녔다는 것입니다. 이런 이유로 예링은 사회적 차원에서 기능하는 패션의 소멸을 꿈꾸었습니다. 그러나 산업자본은 계속해서 새로운 패션을 창출해내어 인간의 허영심을 자극합니다. 이런 산업자본의 소비논리를 근본적으로 극복하지 못하면, 예링이 기대했던 패션이 소멸되는 사회, 다시 말해 아름다움이 상품화되거나 계급화 되지 않는 사회는 불가능합니다.

예링의 패션에 관한 연구를 더욱 심화시킨 사람은 에두아르트 푹스Eduard Fuchs(1870~ ?)입니다. 그는 예링과는 다르게 패션은 계속 매출을 올려야만 하는 자본주의적 생산양식과 에로티시즘을 추구하는 인간의 욕망이 있기 때문에 가능하다고 했습니다.

패션에 대한 벤야민의 논의는 푹스와 피셔Vischer(1807~1887)에서 출발합니다. "어느 세대든 바로 이전 세대의 패션을, 생각할 수 있는 한 최고의 항-최음제로서 체험한다"는 지적이 그렇습니다. 다시 말해 유행이 지난 이전 시대의 옷은 성적인 욕망을 약화시키고, 최근의 신상품은 성적인 욕망을 증폭시킨다는 점을 말한 것입니다.

벤야민에게 패션은 성적 페티시즘fetishism을 불러일으키는 것입니다. 무기물인 옷을 성적 욕망의 대상으로 간주하는 것입니다. 옷에서 성적 욕망을 느끼는 것은 일종의 물신숭배 현상으로 패션이 유지되는 근본 조건입니다. 이처럼 우리는 이성이 어떤 패션을 연출하

느냐에 따라 성적인 욕망이 자극받거나 약화되는 현상을 경험합니다. 이것이 패션의 페티시즘, 혹은 성적 환상을 함축하고 있습니다. 벤야민은 패션이 가진 페티시즘 현상을 추적하다가 한 가지 흥미로운 가설을 제기합니다. 옷이 가진 페티시즘은 원래 머리카락이라는 것입니다. 머리카락은 잘려지면 무기물입니다. 살아 있는 육체의 일부분으로서는 유기물입니다. 그런데 머리카락은 계속 자라납니다. 이 때문에 머리카락은 다양한 유행을 계속해서 받아들입니다. 머리카락이 인간에 최초의 옷이자 최후의 옷인 이유가 여기에 있습니다.

12. 24. 우울

　심리적으로 아직, 여전히, 그다지 편치 않은… 여러 가지 불안 요소들을 감수하면서… 시를 써 내려갔다는… 그리하였기에… 시간이 지나고 자신에게 감사하노라 전하고 싶다. 너와 내가 그들이… 그리 편해보였는가… 삶은 불통이고, 불편하고 부조리하고 불공평한 것… 어둠 속에서 얼마나 오랫동안 고개를 떨어뜨리고 서 있었는지… 한 페이지 한 페이지가 왜 그렇게 넘어가지 않고 무거웠는지… 그대들과의 환한 술자리를 파하고… 집 앞까지 와서… 죄인처럼… 집에 들어서지도 못하고… 발길을 돌려… 심장에서 흐르는 피를 감싸 쥐고… 숲속 같은 밤길을 화살 맞은 들짐승처럼 얼마나 또 쏘다녀야 했는지… 나의 참혹이란 참혹이 아닌가. 나는 참혹하다. 내가 참혹이다. 넌 언제까지나 찬란하고 나는 언제나 참혹해야하는가. 너의 참혹이 왜 나에게는 찬란인가. 찬란, 찬란… 아니다 진실로 네가 더 참혹 할지도 모르겠다. 너의 참혹에 대해 생각해 본적이 없다. 그래서 너는 목숨을 끊지 않았는가. 그런 것일까… 정신의 참혹이 육체의 참혹을 능가 해야지만 목숨을 버릴 수 있듯이… 나의 참혹이 너의 참혹을 능가해야지만 목숨을 버릴 수 있지 않겠는가. 너의 참혹을 알아야겠다. 받아들이겠다… 여전히 우울하다.

12. 25 : 말하는 건축가, 멜랑콜리아

> 사람이 공간이다.
> 백화점 1층 화장품, 향수 매장과 같은 여자,
> 옥상에서 헬기를 타고 뉴욕에서 내릴 것 같은 남자
> 지하실에 갇혀 한 달 만에 풀려난 것 같은 사람은,
> 흐르는 시냇물 같이 한결같고 맑은 사람… 블랙홀 같은 사람도
> 존재 할 것이고

'사람이 공간'이다… 공간에 따라 기분이 달라지고 생각이 달라지고, 철학이 생겨나고 운명이 바뀐다고 생각하고 있다. 〈사람이란 공간〉에 따라 기분이 달라지고 생각이 달라지고, 철학이 생겨나고 운명이 바뀌는 것이다.

사람은 자연이다. 자연은 평등하다. 건축은 권력이 아니다 건축은 자연이다. 건축과 자연과 인간은 평등하다. 내가 지은 시골 목욕탕은 자연이다. 건축은 자연 위에 군림해서는 안 된다. 건축이 크던 작든 건축은 평등하다. 따라서 정기영의 건축은 생태적이다. 건축가 정기영에 관한 다큐멘터리 〈말하는 건축가〉를 보고 느낀 점이다. 그에 대한 건축평론가들의 가차없는 비판도 인상적이었다.

주체적으로 자기 삶을 개척한 건축가, 모든 가치를 경제적인 테두리 안에서만 보는 세상은 불평등할 수밖에 없다. 연봉이 그 사람의 인격이다. 인간의 삶이 돈 앞에 줄을 선다. 인간의 삶은 평등하다. 우리 사회는 그걸 망각하고 있다. 보다 다른 가치가 절실히 필요한 때이다. 대장암으로 무척 수척한 모습이었지만 사회 부조리나 권력에 대해서는 끝까지 당당하게 맞섰고, 서민들의 표정에 귀 기울이며 키를 낮추는 인간적인 모습 오래도록 기억에 남을 것이다… 삶은 슬프다.

"나무도 고맙고, 바람도 너무 고맙고, 하늘도 고맙고, 공기도 고맙고, 모두모두 고맙습니다". 대장암과 투병하다 눈을 감기 전 마지막 그가 남긴 말이다.

〈멜랑콜리아〉 전혀 사람들의 예상대로 전개되지 않는 불편한 영화지만 라스 폰 트리에 감독의 영상미학을 다분히 느낄 수 있었다.

영화의 도입부 영화 전체의 주제를 함축해서 보여주는 시적이미지도 좋았다. 주인공 저스틴의 얼굴 뒤로 우수수 떨어지는 새의 시체들(슬로비디오)… 말이 늪에 빠지는 듯 한 장면(슬로비디오), 웨딩드레스를 입고 숲을 달려가는 저스틴을 끌어당기는 나무넝쿨(슬로비디오), 아이를 안고 가는 클레어의 발자국에 푹푹 패는 땅바닥(슬로비디오)… 흔들리는 장면들… 점점 더 커지는 불안, 우울(멜랑콜리아)과의 충돌으로 재가 되어 버리는… 마지막 장면에 이르기까지…

조말선

시_ motel empty 5

　　motel empty 6

산문_ 백번의 지루함 뒤에 오는 한 번의 불쾌일지라도

1998년 〈부산일보〉 신춘문예에 시 당선

1998년 《현대시학》으로 등단

시집 《매우 가벼운 담론》 《둥근 발작》

《재스민 향기는 어두운 두 개의 콧구멍을 지나서 탄생했다》

motel empty 5

5호는 어디입니까 라고 물으신다면 4호가 없기 때문입니다. 숫자 하나로 찾기 힘든 5호는 아마도 당신과 나 사이에 있는 것 같습니다. 아마도 내 뒤에 있는 걸까요. 하필 내가 그 문 앞에 서 있기 때문에 나는 어떤 것을 숨길 수 있습니다. 아, 나는 이 방이 필요하지 않은 이방인입니다. 길과 방 사이면 충분하므로 잘 곳이 필요했습니다. 4호는 영영 돌아오지 않을 것이므로 5호는 찾기 힘듭니다. 4층에서 우리는 영영 사라질 것이므로 5호는 절실하게 필요합니다. 당신과 나 사이에 있는 것은 무엇입니까. 벽과 벽 사이에 끼어있습니다. 윤리와 윤리 사이에 끼어있습니다. 오렌지와 밀감 사이에 끼어 있습니다. 나비와 나방 사이에 끼어 있습니다. 중앙등과 벽등1 사이에 끼어 있습니다. 벽등은 4까지 필요하지만 이미 다양한 천정에게 양보했습니다. 대여한 시간이 지나면 소멸하는 문제입니다. 찾으러 다니는 사람은 어디에 있는지 5호가 하염없이 기다립니다. 이 불을 좀 꺼 주신다면 모자를 벗고 후드티를 벗고 찾아보겠습니다.

motel empty 6

지나가는 자동차소리가 가장 크다. 밖은 마침내 소리로 이루어진 무중력공간이다. 그것은 홀로 밤의 중심을 차지하고 있다. 나의 중심을 차지하고 있다. 귀를 기울이고 어둠의 농도를 가늠해보는 나는 아무래도 변방에 와 있다. 이렇게 어둡고 이렇게 고요한 곳은 중심에서 있을 수 없는 일이다. 너무 밝고 너무 시끄러운 곳으로 나아가는 것은 방들이 차례차례 할 수 있다. 자동차소리가 들려오는 곳이 가장 넓고 가장 중심가다. 이 소리의 느낌은 점점 변두리에 가깝다. 무언가가 가까워지고 멀어져간다. 연속적으로 계단이 계단을 의지해서 올라가고 내려가듯이 연속적으로 복도가 복도를 의지해서 이어지고 끊어지듯이 무언가가 점층적으로 존재하고 있다. 나는 완전히 멀어지기를 원치 않는다. 완전히 가까워지는 것을 원치 않는다. 심지어 나의 신발까지도. 자동차소리가 들려오는 곳은 모두 변방이되어간다. 길가로 비켜나 가까워지고 멀어져가는 소리의 고저에 귀가 커지고 작아진다.

백번의 지루함 뒤에 오는 한 번의 불쾌일지라도

놓지 못하고 있는 그 무엇이 있다. 손에서 놓지 못하는 숟가락, 핸드백, 컵, 드라이어, 립스틱, 수세미… 놓지 못하고 잡고 있는 이들이 주는 평안이 지극히 평범한 나의 "구성된 정상상태"(데리다)를 이루는 것들이라고 부정할 수 없는 지루함이 바로 나의 존립을 이루는 것들이라고 시인하는 그 무엇이 있다. 한 번, 두 번, 세 번… 반복되는 지긋지긋한 지루함이야말로 나의 현존을 증명하는 것이라고 시인하는 그 무엇이 있다. 그래서 테이블에 둘러앉아서 둥그런 테이블에 펼쳐놓은 것들이 지루할 즈음에 불쑥 꺼내어보는 아름다움에 대한 예찬은 그것에 대한 애도가 시작되지 않았다는 증거이다. 게슴츠레 실눈을 뜨고 멀리 사라지고 있는 아름다움의 뒷덜미라도 불러 세우려고 안간힘을 쓰는 서로를 쳐다보면서 동화되려고 하는 분위기에 만족하는 것이다. 그러나 그 뒷덜미는 끌려나오지 않으려고 화석처럼 굳은 듯이 뒤돌아보려하지 않으려는 성미 때문에 나는 겨우 마주칠 기회를 세 번 이상 가져보지 못했고 그들은 아주 많거나 거의 빈 손을 내보이지만 대부분은 지루한 테이블에 불러들이기보다는 순정한 상태를 지속시키려는 아니 지켜주려는 보호본능을 더 발휘하려는 것 같다. 놓지 못하고 있는 이것은 무엇인가. 아무래도 놓지 못하고 있는 무엇이 있다. 아직

까지 그 실체를 보지 못했거나 볼 수 없었거나 보려고 안간힘을 쓰는 와중이어서 놓을 손조차 없는 그 무엇이 있다.

아름다움예찬동호회에 가입하고부터는 조금 안심이 되기 시작한다. 운석수집가들처럼 제가 찾은 돌이 평범한 돌인지 어느 별에서 떨어진 운석인지 정밀검사를 하기 전에는 분간하지 못할 수도 있지만 그것을 찾기 위해서 헤매고 있는 그 순간으로 아름다움은 다가오고 있는 것이다. 그것은 찾으려고 하는 사람의 앞에 뒤에 옆에 있는 것이다. 그래서 아름다움은 자꾸 이동한다. 테이블에서, 의자에서, 창문에서, 골목에서, 도로에서, 강가에서, 아름다운 테라스에서 곧 다른 곳으로, 너의 얼굴에서 그의 셔츠로, 이 창문에서 저 마당으로, 이 방에서 저 해변으로, 어제에서 그제로, 그제에서 오늘로, 아름다움은 이동한다. 한 자리에 머무르지 않지만 잡히기를 원한다. 잡히지 않으려고 한다. 한 자리에 불러 앉히고 못을 박고 고정시키고 보고 싶을 때마다 보려하지만 달아나버린다. 내가 불러 세운 아름다움 하나가 내가 불러세운 아름다움 두 개가 각각 다르다. 순간이동을 하는 그것은 백 번의 호명에 의해 백번의 얼굴을 갈아치운다. 갈아치워야 한다. 그것이 아름다움의 숙명이다. 갈아치우지 않으려는 것은 더 이상 아름다움의 능력을 상실하려는 의지이다. 게슴츠레 뜬 실눈으로 먼 아름다움을 불러 세우지 못한다면 테이블 위에서 바로 찾을 수 있다. 이미 와 있었는데 어딜 보고 있는 거에요, 라고 하는 그 장난기어린 눈동자와 마주쳤다면 말이다. 몸을 수그리고 테이블 아래를 더듬어도 몇 개 찾을 수 있지 않겠어요, 라고 하는 놀이의 여유를 그것은 늘 가지고 있다.

눈, 코, 입이 반듯하다. 반듯한 것이 무엇인지 안다면 통한다고 생각한다. 얼굴빛이 생기있다. 생기있는 것이 무엇인지 안다면 더 말할 필요가 없다. 목이 가늘고 길다. 가는 것은 너무 가늘고 긴 것은 너무 긴 것일 수 있다면 가늘고 긴 것이 무엇인지 혼란스럽다. 매일 매일이 흘러간다. 1이 2에게로 흘러간다. 2가 3에게로 흘러간다. … 27이 28에게로 간다. 매일 매일이 잘 흘러간다. 무엇이 무엇에게로 간다. 끊어지지 않게 간신히. 영원히 이어지리라는 막연한 믿음을 가지고 "구성된 정상상태"를 유지하기 위해 흘러간다.

괴물이란 무엇인가? 괴물은 인간과 사회, 이해, 지식, 진리의 타자이다. 무엇보다도 괴물은 사건으로서 이해되어야한다. 기존의 지식이나 범주로 포섭되거나 설명되지 않는 미지의 존재의 출현을 알리는 사건. 정상적 일상의 질서를 마비시키거나 교란시키는 충격적 사건이다. 괴물은 정상과 비정상의 구분을 해체하고 이완시키는 변방에 위치해 있다. 여기에서 문제가 되는 것은 괴물에 대한 우리의 윤리적인 태도이다. 우리에게는 안정된 동일성과 정체성을 유지하기 위해서 괴물 타자를 추방하고 배척하는 길이 있는가 하면 정체성이 심각하게 위협받고 해체되는 위험을 감수하면서 괴물 타자를 반기고 환영하는 또 다른 길도 있다(김 종갑,《그로테스크의 몸》).

비슷비슷한 것들이 연결된 세계의 틈새에서 기대하는 그 무엇이 있다. 지루함과 지루함으로 연결되는 세계의 틈새에서 기대하는 그 무엇이 있다. 아름다움과 아름다움이 연결되는 세계에서 아름다움은 더 이상 아름다움이기를 포기하고 소멸해버리듯이 지루함과 지루함으로 연결되는 세계에서 지루함이 소멸하는 그 무엇을 기대하고 있다. 그것은 "구성된 정상상태"의 얼굴을 벗어난 지점을 찾는다. 본적 없는 얼굴이 새로 탄생하는 지점을 찾는다. 그것은 얼굴이 없는 얼굴로 오기 때문이다. 말해지지 않는 쾌의 감정으로 얼굴이 없는 얼굴의 모습으로 오기 때문에 처음으로 온다. 본 적 없는 모습이지만 보고 싶은 모습이 처음으로 온다. 처음으로 오는 것은 놀람과 기이함과 설렘을 동반하는 표현할 수 없는 쾌의 감정으로 와서 심장을 뛰게 한다. 당신에게 당도한 아름다움의 순간이 몹시 당혹스러운 쾌의 감정이기때문이기도 하고 또 다른 당신에게 당도한 아름다움의 순간은 몹시 애잔한 순간이기도 한데 그것은 아름다움이 어떤 형식을 갖추고 있다는 것으로 들린다. 미인을 선발하듯 아름다움은 어떤 형식의 기반위에서 일어나는 것이 분명하지만 그것을 재는 알맞은 척도가 없기 때문에 아름다움이 일어나는 순간 형식은 무화되고 만다. 거푸집을 깨고 아름다운 조각상이 태어나듯이 형식의 절실함에서 태어난 아름다움은 형식의 소멸을 요구한다.

타자로 오는 괴물이 주는 놀람과 기이함과 설렘은 매혹의 대상이 될 수 있다. 그때 혐오감을 불러일으키는 타자가 주체의 투사의 대상이라는 것은 더 이상 놀랄 일이 아니다. 19세기에 벌어졌던 괴물 쇼에서 네덜란드 농부의 노예였던 사라 바트만의 특이한 외모는 혐오감뿐만 아니라 매혹의 대상이 되었다. 그녀의 기이할 정도로 제2차 성징이 발달한 커다란 가슴과 거대한 엉덩이는 인간이라기보다는 성, 즉 암컷의 전형으로 전시되었는데 그것은 억압된 여성의 성의 극대화였다. 사람들은 못 볼 것을 본 것처럼 부채 뒤에서 얼굴을 찡그리고 쇼를 관람했지만 눈을 가리면 가릴수록 드러나는 그 광경은 성에 대한 무지와 무관심을 미덕인 척하는 그들의 허위의식의 적나라한 드러남이었다. 부채 뒤에서 커튼 뒤에서 감춰두었던 동물성을 사라 바트만에게 투사하면서 오로지 우아한 인간성만이 그들의 심장을 관통하였을지는 아무도 모를 일이지만 누구나 알 수 있을 법하다. 타자에게 일어나는 투사는 주체에게 너무도 분명한 거울효과를 드러내고 만다. 그것은 우아한 인간성이 형식이라면 형식을 파괴하는 행위이다. 도리어 주체의 내면에 도사린 동물성을 적나라하게 꺼내 보여주는 행위이다. 쇼는 보여 지고 본다. 찡그림이 겉으로 드러나는 것이라면 내면에 흐르는 것은 찡그림 외의 무엇이 있기 때문에 쇼는 벌어진다. 쇼는 겉과 속이 다르게 벌어진다. 괴물쇼는 형식이 파괴된 지점에서 일어난다. 그것은 비윤리적이고 비인격적인 지점에서 일어난다. 형식이 주는 안정감과 포만감이 지리멸렬에 다다른 지점에서 벌어진 쇼에서 그로테스크가 일어난다.

　이동하는 아름다움은 그로테스크와 가장 쉽게 손을 잡는다. 아름다움의 형식이 아름다움을 잠식해버린 지점에서 뒤틀린 그로테스크가 기이하게 피어오른다. 아름다움은 소멸한 뒤에는 더 이상 아름다움이 아니다. 그것은 이동하기 때문이다. 그로테스크와 손잡고 나서도 아름다움의 이름은 아름다움이외에 어떤 것도 아니다. 아름다움은 놀람과 설렘과 기이한 감정이 불러일으키는 쾌의 감정이기 때문이다. 그것은 지리멸렬을 벗어나게 하지만 지리멸렬이기도 하다. 아름다움은 형식이 없기 때문이다. 얼굴이 없는 얼굴, 처음 보는 얼굴 같은 얼굴이기 때문이다. 전에 본 적이 있었지만 처음 보는 얼굴, 금방 보았던 얼굴이지만 처음 보는 얼굴, 거울 속의 내 얼굴을 보고 몹시 낯선 얼굴, 아름다움의 얼굴을 돌려세우기 위해 나는 손을 뻗는다.

아름다움은 잠식당하면서도 아름답다. 아름다움은 파괴당하면서도 아름답다. 아름다움은 아름다움과 친분을 쌓으면서 아름답다. 그것은 미와 추, 선과 악, 정상과 비정상의 경계를 넘어서면서 경계를 넘을 수 없는 곳에 있다. 이것이다고 말하는 순간 이것이 아니고 저것이다고 말하는 순간 저것이 아니기 때문에 이동하는 아름다움은 대상의 표면과 내면을 뛰어넘어 다양성을 갖는다. 미는 미에 머무르지 않고 다양하게 분화하며 추는 추에 머무르지 않고 다양하게 분화하며 쾌의 에너지를 발생시킨다. 미와 추를 구별할 수 없이 혼재하는 상태, 정상과 비정상을 구별할 수 없이 혼재하는 상태, 선과 악을 구별할 수 없이 혼재하는 상태. 즉 이중구속의 상태인 아포리아에 처하게 한다. 플라톤은 아포리아에 처한 사람을 무서운 독에 중독되어 전신이 마비된 사람으로 비유했는데 "바다에서 꼬리에 맹독가시가 있는 노랑가오리의 꼬리에 찔린 사람처럼 마음과 입술은 문자 그대로 얼어붙어서 아무런 대답을 할 수 없기 때문이다"고 했다. 여기서 드러나는 괴물성은 정상과 비정상의 구분을 해체시키는 존재, 그로테스크한 존재로 이해된다.

놓지 못하고 있는 그 무엇이 있다. 손에서 놓지 못하는 숟가락과 숟가락 사이에, 어깨에 맨 핸드백과 핸드백 사이에, 거울을 보고 바르는 립스틱과 립스틱 사이에, 젖은 머리카락을 말리는 드라이어와 드라이어의 사이에, 다시 손에 쥐는 컵과 컵 사이에 무엇이 있다고 생각하는 것이 있다. "구성된 정상상태"의 사이에, 뒤에, 앞에, 옆에 무언가가 있다고 생각하는 것이 지금 다음에 있다. 똑같은 숟가락이 전혀 낯선 존재로 올 것이라고 예기하는 다음이 있다. 알려졌으나 알려지지 않은 존재, 낯익었으나 낯익지 않은 존재, 사전적인 의미를 부여할 수 없는 미지의 존재가 다음에 온다고 생각하는 무엇이 있다. 오늘과 오늘 사이에, 지루함과 지루함 사이에, 단 한 번의 불쾌가 올지라도 그것이 쾌와 구분할 수 없는 아포리아의 상황에 처하는 다음이 있다. 아름다움은 다음에 아름다움을 잠식하는 습성이 있다. 아름다움은 알려지지 않은 얼굴이다. 얼굴이 없는 얼굴이다.

유지소

시_ 바나나

　　그림자들

산문_ 생활의 발견

　　: 김언희 시집 《요즘 우울하십니까?》를 읽으며

2002년 《시작》으로 등단

시집 《제4번 방》

바나나

이건 바나나 같아.
바나나처럼 길고, 바나나처럼 노랗고,
바나나처럼 쭈욱 껍질이 찢어지고……

이건 바나나가 확실해.
바나나처럼 약간만 휘어지고, 바나나처럼 약간만 달콤하고,
바나나처럼 우리 집 정원에는 없고……

이건 100퍼센트, 100퍼센트 바나나야.
바나나처럼 털도 없고, 바나나처럼 카페인도 없고,
바나나처럼 바나나셰이크를 만들 수도 있고……

이건 바나나밖에 될 수가 없어.
바나나처럼 너를 유혹하고, 바나나처럼 너를 넘어뜨리고,
바나나처럼 네가 나의 바나나라고 부르고……

그림자들

안녕하시오, 선생?
우리는 때때로 인사를 하지.

쇠말뚝에 묶인 개에게,
개가 엎어버린 밥그릇에게,
개밥그릇 옆에 피어난 노란 민들레에게,
- 안녕하시오, 선생?

우리는 빨대를 통과하는 콜라처럼 인사를 하지,
검고 빠르고 톡 쏘는 인사를.
일방적으로,
그러나 그의 깊은 내부를 향하여.

화장실 거울에 비친 낯선 내 얼굴에게,
내 얼굴보다 더 명백하고 창백한 초저녁달에게,
달빛보다 긴 손가락을 가진 그날의 추억에게,

- 안녕하시오, 선생?

우리는 죽은 오리를 갈대숲에 던져버리듯
인사를 하지.
죽은 오리는 산 오리보다 더 꽥꽥거리고,
죽은 오리는 산 오리보다 오래 우리 심장을 쿵쾅거리게 하고.

오늘 날씨 참 좋지요, 선생?
그렇고 그런 구름 같은 인사를 할 때도 있지만.
태양은 구름 위에 있고 비둘기는 구름 아래에 있는 것처럼,
우리는 변함없이 인사를 하지.

붉은 밑줄부터 그어놓은 빈 일기장에게,
빈 일기장을 집중 조명하는 스탠드에게,
스탠드를 스탠드답게 관리하는 책상에게,
- 안녕하시오, 선생?

옆 사람의 손이라고 무심결 믿고 잡았던 것이
기실 내 손이었던 것도 모르면서,
그렇게 조금씩 유령이 되는 것도 모르면서,
우리는 때때로 인사를 하지.
- 안녕하시오, 선생?

생활의 발견
— 김언희 시집《요즘 우울하십니까?》를 읽으며

심심한데 우리 / 뽀뽀나 할까?

심심하다. 막장드라마를 봐도 심심하고 로맨틱코미디영화를 봐도 심심하다. 오늘은 날씨도 심심하다. 그림자놀이도 하지 않고 우산놀이도 하지 않는다. 그냥 멍청한 얼굴로 멍청히 앉아 있다. 이렇게 멍청하게 오래 앉아있으면 발바닥에서 머리끝까지 구토가 치밀어오를 때도 있다. 싫다.

괜히 냉장고 문을 열었다 닫았다, 냄비 뚜껑을 열었다 닫았다, 울리지도 않는 전화기를 열었다 닫았다, 결국 또 책장 앞에서 시집을 열었다 닫았다….

결국, 또 김언희 시집을 꺼내들고 있다. 어린 시절 덕지덕지 앉은 손등의 때를 돌멩이로 박박 밀어댔듯이, 피가 날 때까지 밀고 밀어댔듯이, 피부가 벗겨진 손등을 몇날며칠 후후 불어댔듯이, 김언희의 시를 가지고 박박 나를 밀어댄다. 아프다. 아프니까 덜 심심하다. 아프니까 내 숨소리가 들린다. 아프니까 반항하고 싶은 욕구가 생긴다.

요즘 우울하십니까? / 돈 때문에 힘드십니까? / … / 개나 소나 당신을 우습게 봅니까? / … / 곧 미칠 것 / 같은데, 같기만 / 하십니까? // 여기를 클릭 / 하십시오.

예, 우울합니다. 예, 힘듭니다. 예, 죽일 놈이지요. 예, 예, 예. 어떻게, 그렇게, 나보다도 나를 잘 아십니까? 혹시 우리 옆집에 사십니까? 아, 예. 대답만 하라고요? 아, 예. 열일곱 가지 질문을 하셨습니까? 그러니까, 열일곱 번 '예'라고 해야 하나요? 서른네 번도 가능하지만, 눈 딱 감고 딱 한번만 '예!'라고 하면 안 되나요? 예?

바람이 붑니다. 바람에 흔들리면 되지요. 비가 옵니다. 비를 맞으면 되지요. 그 사람이 떠납니다. 그 사람, 잊어버리면 되지요. 그냥 그러면 되지요.

그래도 꽃은 피고 꽃은 떨어지고 꽃은 썩어서 꽃거름이 되고 그렇게 또 그렇게 꽃거름 위에서 꽃은 피고 꽃은 떨어지고 꽃은 썩어서 꽃거름이 되고 그렇게 또 그렇게 흘러가더라구요.

도통했냐고요? 천만에요. 포기했냐고요? 만만에요. 약 먹었냐고요? 글쎄요. 식었냐고요? 시체가 되었냐고요? 그런 것 같기도 합니다만. 아니, 그랬으면 좋겠습니다만. 잠시 후에는 이 의자에서 일어나 저 의자에 앉아야 합니다.

아직도 숨이 붙어 있으므로 돈을 벌러 나가야 합니다. 밥이 먹기 싫은데 억지로 밥을 먹어야 합니다. 바보 같은 밥을 바보같이. 밥을 먹기 위해서 돈을 벌어야 하고, 돈을 벌기 위해서 밥을 먹어야 합니다. 그래서 우울하십니까? 예, 아니요. 그냥 그렇다구요. 지금 여기에서도 충분하다구요.

나는 맨홀 뚜껑을 사랑합니다. 맨홀에 푹 빠질까봐 맨홀 뚜껑을 사랑합니다. 그러니까, 굳이 '여기'를 클릭하고 싶지는 않다고요. 단박대출도 하고 싶지 않고, 각종 암보험에도 가입하고 싶지 않고, 반짝이 청소기도 사고 싶지 않다고요.

사실, 나만큼 '예'를 잘하는 사람도 없을 겁니다. 신경정신과에 가서도 나는 '예'만 합니다. 요즘은 잘 지내지요? 예. 요즘은 잠을 잘 자지요? 예. 요즘은 두근거리지 않지요? 예.

머리에 피가 안 도는 이유 / … / 죽기 위해서건 살기 위해서건 하는 짓은 똑같은 이유 / … / 히죽히죽 웃었는데도 복이 / 안 오는 이유 / … / 시가 내게 코를 푸는 이유

왜 그럴까? 나는 모르겠다. 당신은 아는가?

당신은?

거기, 당신은?

아는 사람 있으면 손 들어보시오.

당신이 진짜 사람이 맞는지 손을 물어보지는 않을 테니 안심하고 손 들어보시오.

아니, 스무 가지 이유에 한 가지 이유를 더 추가해도 괜찮소.

저 고명하신 의사선생님은 알랑가, 저 족집게 점쟁이선생님은 알랑가, 저 24시 돼지국밥집 사장님은 알랑가,

어쩌면, 저승에서 칠년 넘게 사신 우리 아버지는 속속들이 알고 있을지도 모르겠다. 아무리 그래도 아버지에겐 절대로 물어보지 않을 거다. 우리 아버지 대답은 뻔하니까. "쓰잘데기없는 소리! 그거 안다고 머 인생이 달라지나!?"

그래요, 그 이유를 알면 내 인생이 180도 달라질 것 같아요. 이 세상 그 누구라도 사랑하고 용서하고 뽀뽀할 수 있을 것 같아요.

그러면, 평소에 말씀이 없으신 우리 아버지, 한 말씀 더 하시겠지. "됐다. 헛소리 집어 치우고 술상이나 봐 온나!"

그래도 그것이 알고 싶다. 왜 그럴까?

김언희 선생님은 분명 다 알고 있을 거다. 아무리 그래도 김언희 선생님한테는 절대로 물어보지 않을 거다. 대답이 뻔하니까. "나도 몰라. 지소 씨가 알면 좀 가르쳐줘봐."

앞으로 200년을 더 살아보면 알게 될까. 알 것 같은 순간이라도 올까.

그것을 알면 정말 인생이 달라질까.

날마다 집으로 돌아가는 병 / 거실에서 길을 잃는 병 / … / 새벽 세 시에 당면으로 창자를 채우는 병 / … / 개도 내가 먹고 싶은지 볼 때마다 묻는 병

그저께 새벽 세 시에 돼지국밥집에 갔다. '날마다 집으로 돌아가는 병'의 통증이 잠깐 가라앉은 사이 '새벽 세 시에 당면으로 창자를 채우는 병'이 갑자기 발병했기 때문이다.

　돼지국밥과 순대국밥과 내장국밥 사이에서 3초간 길을 잃고 헤맸다. 혼자 먹는다는 건 이럴 때 슬프다. 하나만 선택하고 둘을 포기해야 하니까. 국밥은 반반이 안 되니까.

　남자들만 둘, 둘, 둘, 둘 있는 테이블이 몇 개 있다. 두어 남자가 나를 힐끔거린다.

　새벽 세 시에 혼자 후루룩 쩝쩝 국밥을 퍼먹는 여자(누리끼리 허여 멀건 국물 색깔이 사정해놓은 지 5분 지난 정액 같다). 거뭇거뭇 끄트머리가 말라비틀어진 고추를 한 개, 두 개, 세 개, 누런 된장에 푹푹 찍어 먹는 여자(아쉽게도, 이 고추들은 길고 굵지만 맵지도 않고 달지도 않고 싱겁기만 하다).

　지금 내 모습이 '어떻게 하면 만인이 자고 싶은 여자가 되나 노심초사하는 병'에 걸린 여자로 보이는 건가? 차라리, 제발 그랬으면 좋겠다. 그랬으면 좋겠다 생각하는 순간 발작하는 '벌쭉벌쭉 똥구멍으로 웃는 병'! 킥킥킥킥킥. 주근깨(=죽은 깨?)를 다닥다닥 뿌려놓은 얼굴에 시퍼렇게 얼어 죽은 알로에색깔 빵모자, 허연 새끼 오리털이 여기 삐죽 저기 삐죽 튀어나온 검은 잠바를 입고설랑.

　나도 남자들을 힐끔거려본다.

　저 창가의 남자는 '삼 분마다 창밖을 내다보는 병'이 너무 깊어서 앞에 앉은 사람의 술잔이 비었는지 찼는지 전혀 관심이 없고, 지금 막 정사각형의 깍두기를 조용히 들어 올렸다 다시 조용히 내려놓은 저 남자는 '애인만 보면 게우는 병'에 걸릴 가능성이 상당히 높고, 18이라는 숫자 없이는 대화를 시작하지도 못하고 끝맺지도 못하는 저 남자는 '침을 눈으로 뱉는 병'의 시발점이 될 수 있고. 몇 번을 둘러보아도 여기에서는 내가 찾아볼 수 없는 남자가 있는 것 같다. '겨우 세운 좆 움켜쥐고 시 쓰러 가는 병' 때문에 마누라에게 아침밥을 얻어먹지 못하는 남자 말이다.

하루를 구토로 시작할 권리가 있소 / 매사에 무능할 권리가 있고 / 누구나 알아듣는 것을 나만 못 알아들을 권리가 있소 / … / 숨이 끊어질 때까지 수음을 할 권리가 있소

하루를 구토로 끝낼 의무가 없소 / 매사에 유능할 의무가 없고 / 누구도 알아듣지 못하는 것을 나만 알아들을 의무가 없소 / … / 숨이 끊어질 때까지 수음을 할 의무가 없소

죽을 때까지 죽지 않을 의무가 없소

나는 참아주었네 오늘의 좋은 시를, 죽을 필요도 살 필요도 없는 오늘을, 참아주었네, (…) 오로지 썩는 것이 전부인 생을, 내 고

기 썩는 냄새를, (…) 참는 나를 나는 참아주었네,

"50프로, 50프로 세일입니다. 한 마리 사시면 한 마리 더 드려요! 반 값에 한 마리 더요!! 반 마리 값에 두 마리를 가져가는 겁니다!!!" 락스 냄새가 배경음악처럼 깔린 작은 무대에서 한 여자가 공연을 하고 있네.

공갈빵처럼 둥근 하얀 모자에, 소매가 긴 하얀 상의와 다리가 긴 하얀 바지, 다시 한 번 더 하얗게, 심장이 있는 가슴에서 아킬레스건이 있는 발목까지 주우욱 뒤덮은 하얀 앞치마, 그리고 마지막까지, 하얀 장화.

그러니까 얼굴과 두 손만 빼고 표백제를 가득 푼 욕조 속에 아흔아흐레 들어갔다 나온 듯한 여자가, 역시 아흔아흐레 표백제에 푹 담근 듯한 하얀 탁자 앞에 서서, 내 귀로 듣기에는 분명히 석 달 하고도 열흘은 더 표백 처리를 한 듯한 하얀 목소리로 공연을 하고 있네.

그러니까 '대사를 읊어야 할 입이 달린 얼굴과 닭고기를 비닐봉지에 담아야 할 두 손'이 '등장인물'이 되는 거지. 물론 주인공은 '비명을 지를 입이 달린 얼굴과 도망갈 두 발이 잘리고 없는' 조금 덜 하얀 닭고기.

'행인'은 필요 없고, 주요등장인물3도 필요 없고. 주요등장인물1, 주요등장인물2가 등장해야만 오늘의 공연이 끝이 난다네.

어쩌면, 내가 입장하기 전에 주요등장인물1, 주요등장인물2가 등장했다 퇴장했을 수도 있다네. 그러니까 다시 주요 등장인물 1, 주요 등장인물 2가 등장해야 하는 것일 수도 있는 거라네.

밖은 깜깜하고, 밖은 춥고, 밖은 밤 열 시가 넘었고, 나는 무진장 피곤하고, 나는 집에 가고 싶고, 그러나 밖에 내 집이 있고, 내 집이 밖에 있듯이 저 여자의 집도 밖에 있고.

그러나 목도리도 아닌 것이 내 목덜미에 척척척 휘감기는 저 여자의 목소리, 내 불안보다 점점점 더 볼륨이 높아지는 저 여자의 목소리, 내 발걸음보다 점점점 더 빨라지는 저 여자의 목소리.

나는 참을 수가 없었네, 락스 냄새를. 나는 참을 수가 없었네, 썩지 않는 냄새를. 나는 끝내 참을 수가 없었네, 관객 역할을. "유통기한이 언제까지입니까?" 주요등장인물 1이 등장하는 순간 나는 대본에도 없는 대사를 하고 말았네.

"오늘까지요. 오늘 바로 요리해 드시면 됩니다."

변기에 앉아서는 시를 읽읍시다 여보 / 번번이 족집게가 흰 터럭을 놓치는 아침에도 / 변기에 앉아서는 일단 시부터 읽읍시다

예, 선생님.

김형술

1992년 《현대문학》으로 등단

시집 《물고기가 온다》 외 4권

산문집 《그림, 한참을 들여다보다》 외 2권

의자 위의 모자

의자와 모자를 바꿨다

의자 하나를 갖기 위해
기꺼이 나는 모자를 선택했다

모자 속의 눈썹
모자 속의 이마

헝클어진 생각들에 모자를 씌운 후에야
의자 위에 앉을 수 있었다

모자 속에 눈부신 아침
모자 속에 불타는 구름
모자 속에 흰사탕같은 별들

모자는 머리를 조여왔다

모자는 어깨를 눌러왔다
점점 무거워지는 모자의 무게

나는 의자에게 생포 당했다

앉기 위한 의자가 아닌
지키기 위한 의자 하나

머리맡에 놓인 모자는
밤새도록 잠을 감시한다.

모자 속에서 기어나온 포승줄이
숨막히게 허리를 졸라맨다.

모자는 머리카락처럼
머리속에 뿌리를 내리고 자라났다
우스꽝스런 모자를 쓴 사람 하나가
날마다 거울 밖으로 걸어나갔다.

의자 하나를 갖기 위해
기꺼이 나는 모자를 골랐지만

의자는 점점 작아졌다.

모자는 마치 거대한 의자처럼
세상 여기저기 함부로 놓여지고

바다로 지은 집

바다 한쪽을 뚝 떼어내어
집을 짓겠다.

사각 반듯한 직육면체로 바다를 퍼내어
한두 평 아니 딱 세 평
내 몸 하나 앉고 누울 자리만큼
작고 낮지만

늘 걷고 달리고 춤추며
휘파람을 불고
우레같은 고함으로 세상을 깨워
살아 숨쉬며

출렁이는 벽
출렁이는 지붕
제 속이 투명하게 들여다 보일 듯
안보이는

방 한칸을 가진 집

우르르 와르르 별들 쏟아져 내려
안보일 듯 다 보이는
그 방안에

해초, 물고기, 야광충으로 살며
더러 벽 밖으로 몸을 내밀어
허공을 걷는 맨발들 헤아려가며

끊임없이 흔들리기를
멈추지 않아
점점 더 홀로 깊어지는
집,

한 채의 바다를 제 안에 가두어
무너지지 않는

왜 아름다운가

배

배(선박)의 아름다움은 가벼움에 있다. 물질의 질량과 무게를 이겨내고 사뿐이 물 위로 떠오르는 가벼운 힘. 배는 제 질량과 무게의 단위가 적을수록 더 빠른 속도로 질주할 수 있다. 하지만 그 질주가 가지는 빠른 속도는 필연적으로 흔들림을 제 것으로 가질 수 밖에 없다. 물의 움직임에 순응하고 타협하며 살아움직이는 물이 시키는 대로 이리저리 위태롭게 흔들리며 날렵하고 재빠르게 물을 건너가는 흔들림의 속도를.

배의 아름다움은 또한 무거움에 있다. 배는 제 몸이 크고 무거울수록 묵직한 중심을 획득한다, 그 몸이 껴안아 감당하는 짐이 무거울수록 흔들리는 물의 힘을 제압하며 묵묵묵묵 앞으로 나아간다. 물위로 날아오르는 가벼움과 물속으로 묵직한 중심을 내려서 그 중심이 얻는 부력으로 솟아오르는 가벼움. 그런 가벼움이 배를 울 위에 떠있게 한다. 그런 가벼움이 바람을 이기고 배를 앞으로 나아가게 한다.

섬에서 육지로, 육지에서 섬으로. 세상의 이쪽 끝에서 저쪽 끝으로 배는 제 영토를 넓힌다. 빠르게 혹은 천천히, 흔들리거나 흔들리지 많으며 물과 바람과 구름과 달, 만남과 헤어짐, 침몰과 귀환, 찰나와 영원 사이를 건너가는 배들. 배가 가지는 아름다움은 실은 바다가 준 선물이다. 바다는 배를 낳아 제 힘을 배들에게서 시험해보고자 한다. 그러니 당연하게도 배는 늘 흔들리는 수면과 한 치의 흔들림도 없는 심연을 가진 바다의 운명과 닮아있다.

하지만 배의 가장 큰 아름다움은 침몰의 두려움에 있다. 바다가 살아 변화무쌍하게 움직이는 한 배는 침몰의 두려움을 제 숙명으로 가질 수 밖에 없다. 바다는 제압하고 정복할 대상이 아니다, 바다는 침착하고 겸손한 마음가짐으로 건너야 할 커다란 경이의 존재이다. 그러니 배의 속도는 느리건 빠르건 두려움의 속도이다. 잠시만 방심하거나 자만심을 가질 때 바다는 제 몸 위를 건너가는 저 가벼운 물체의 허점을 금방 알아챈다.

그러니 바다를 건너가는 한 척의 배는 한 편의 시 쓰기이다. 지나친 자만은 침몰을 불러오고 지나친 두려움은 앞으로 나아가지 못하게 한다. 자만과 두려움 사이의 팽팽한 균형이 흔들리지 않고 침몰하지 않은 채 시를 언어의 바다 위에 떠 있게 한다. 저 끝도 깊이도 모를 바다, 푸르고 거칠고 변화무쌍한 몸짓과 심장과 광기를 제 것으로 가진 언어의 바다를 건너가게 한다.

인형

인형의 아름다움은 혀가 없다는 사실에 있다. 인형에게 혀가 있다면 이 움직이지 못하는 사물에게서 들어야 할 말들은 얼마나 고통스러울까. 만약 인형에게 뇌가 있었다면, 세상과 인간을 응시하고 나름대로 인식하는 기능은 있되 그걸 표현할 혀는 가지지 못했다면, 인형의 눈을 바라보는 일은 얼마나 고통스러울 것인가. 그런 쓸데없는 걱정을 왜 하냐는 듯 사람들은 수많은 종류의 인형을 팔고 사며 저마다 제각기의 인형을 곁에 둔다. 거실의 장식장, 침대 머리맡, 책상 위에 인형의 거처는 있다.

인류가 탄생한 고대부터 지금까지 인형은 태어나 인간과 함께 살아왔다. 인형의 삶은 인간의 삶이고 인형의 문명은 인간의 문명이다. 얼굴과 몸과 의복과 표정과 구두와 헤어스타일까지 인간문명과 함께 변화하고 발전해왔다. 사람들은 왜 인형을 만들어 곁에 두고자 하는가. 외로워서일까 아니면 곁에 두고 사랑해주거나 학대를 하거나 부수고 망가뜨려도 아무 말도 하지 않는 수동적인 순응의 아름다움 때문인가. 설명하고 설득할 필요가 없는 존재, 완전히 일방적이어도 아무 불만이 없는 소통의 상대, 가졌다가 싫증이 나면 한순간의 망설임도 없이 쓰레기통에 던져 버릴 수 있는 물건, 하지만 인간의 모습을 하고 인간의 표정을 가져서 더러는 눈을 깜빡이고 인간이 부여한 동력에 의해 몸을 움직이기도 하는 유사인간, 인간에겐 그런 존재가 필요해서 항상 곁에 두어야하기 때문인가.

낡고 때묻어 버려진 인형에게서 한 때 그 인형을 제 것으로 가졌던 한 인간의 지문과 숨결과 표정과 언어를 본다. 왠지 서늘하고 섬뜩하다. 무언가를 – 설령 그게 인간이든 짐승이든 식물이든, 집이든 – 소유해야하고 자기 의지대로 움직여야하고 정복해서 복종을 받아야 하는 인간의 욕망을 인형에게서 만난다. 인형이 아름다운 건 그럼에도 불구하고 제가 처음 가졌던 표정과 몸짓을 잃지 않는 인형이 가진 저 알 수 없는 침묵, 때문이다.

비행기

날개를 가진 모든 것, 날아다니는 모든 것들을 사랑하는 나는 그 중에서도 비행기를 가장 사랑한다. 아니 어쩌면 비행기를 닮은 새가 있다면, 비행기처럼 제 몸 속을 불빛으로 화안하게 밝힌 채 날아오르고 내려앉는 새가 있다면 아마도 나는 평생을 그 새를 쫓아다니지 않았을까. 거인의 목청같은 굉음을 내며 어둠 속을 날아오르는 비행기를 지상에서 지켜보는 일은 황홀하다. 비스듬한 각도로 하늘을 날아오르는가 싶다가도 어느 새 홀쩍 시야에서 사라져버리는 이상한 기계. 그 기계의 몸속에는 줄지어 사람들이 앉아있다. 옆모습의 실루엣 혹은 겁에 질려 멀어지는 지상을 바라보거나 지상을 떠나는 즐거움으로 손을 흔드는 사람들. 비행기가 날아오르며 일으키는 바람들은 밤의 풀잎과 나무들을 깨우고 어두운 강물 속에서 반짝이는 물고기떼를 깨우고 갈대숲에서 잠든 어린 새들의 잠을 흔들어놓는다. 숲은 휘청, 강물은 출렁, 느긋하고 게으르게 밤을 가로지르던 뱀들은 팽팽하게 비늘을 세우며 풀섶이나 바위틈 사이로 몸을 숨긴다. 그 힘센 바람에 모자가 날아갈까봐 두 손으로 모자를 꽉 붙든 채 고개를 있는대로 젖혀 나는 비행기를 바라본다. 제 몸속을 밝힌 환한 불빛으로 지상을 박차고 날아오른 비행기는 눈 깜짝할 사이 한 점의 희미한 불빛이 되어 시야에서 사라지고 있는 중이다. 찰나를 가로지르는 속도는 늘 허망하다. 해서 나는 비행기가 아주 느린 속도를 가지기를 원한다. 낮게 날아올라 눈앞을 느릿느릿 지나가며 비행기의 몸 구석구석을 살펴보기를 원한다. 그렇게 느린 속도로 나무꼭대기에 잠깐 걸터앉기도 하고 지붕 위에서 잠시 멈추기도 하며 구름마다 정류장을 만들어 쉬어갔으면 하고 바란다. 그래서 어떤 날은 황금빛 빛나는 동체와 날개를 가진 비행기가 내 머리맡까지 내려와 가만이 나를 내려다보는 꿈을 꾸곤한다. 그럴 때 비행기는 범고래처럼 지느러미와 꼬리를 부드럽게 흔들기도 한다. 불빛 환하게 켜진 비행기의 몸속에서 사람들은 춤을 추고 사랑을 하고 피흘리는 전쟁을 한다.

희고 푸른 구름들이 그런 사람들 사이를 유유자적 산책하는 와중에도. 하지만 비행기는 바쁘다. 서둘러 이륙하고 허겁지겁 착륙한다. 지붕과 나무와 구름은 내 취향이 아닌데다 내 영역도 아니다, 라고 화를 내는 것처럼. 하지만 나는 여전히 육중한 무게를 지닌 저 비행기의 비행을 사랑한다. 한 가지, 딱 한 가지 사실만 빼고. 나는 세상의 모든 비행기들이 돌아오지 않았으면 한다. 시내버스나 지하철, 기차처럼 떠났다가 반드시 돌아오는 습성을 운명으로 가진 것들과는 상종하지 말았으면 한다. 그래서 지루하고 지리멸렬한 지상을 한 번 떠난 비행기의 행선지가 어디인지를 아무도 몰랐으면, 비행기를 탄다는 일은 이 익숙하고 진부한 세상을 떠나 새롭고 낯설며 위험으로 가득찬 세계로 옮겨가는 일이었으면 한다. 하지만 비행기는 늘 돌아온다. 죽어도 만나야 할 사람이 있는 것처럼, 회사의 책상 위에 깜빡 놓고 온 핸드폰을 찾으러오는 사람처럼 허겁지겁 돌아온다. 그래서 비행기는 슬프다. 그 슬픔은 비행기의 완벽한 아름다움을 가로막는 딱 하나의 오점이기도 하다.

노래

눈이 왔다. 쪽문을 열자 거짓말처럼 마당이 새하얗다. 그 새하얀 눈들이 새벽어둠 속으로 두둥실 떠오르고 있다. 눈이 잘 오지 않는 남쪽지방에 내린 귀한 눈, 아마도 내 생애 처음 만났을 눈. 새벽일을 나가기 위해 일어난 부모님이 눈을 보라고 나를 깨웠을 것이다. 다른 형제들 다 놔두고 나만 깨운 건 아직 어려서 학교갈 일 없는 꼬마였으니. 문을 열고 마루로 나서자 차고 매섭게 찬 공기가 송곳처럼 몸을 찌른다. 깜짝 놀란 나는 다시 방으로 들어와 이불을 뒤집어쓰고 쪽문 너머로 눈을 바라본다. 고슬고슬해보이는 흰 표면을 가진 눈. 느닷없이 아버지는 내게 노래 한자락 불러보라 시킨다. 술에 취해서 귀가하는 늦은 저녁이면 아버지는 종종 식구들을 툇마루에 일렬로 세워놓고 노래를 시켰다. 자다 일어난 식구들은 투덜투덜하면서도 억지로 노래를 한자락씩 부르곤 했는데 유독 그런 순간이 마땅찮아서 노래를 부를래, 종아리를 맞을래하면 기꺼이 종아리를 맞던 되바라진 막내아들은 무슨 바람이 불었는지 노래를 시작했다. 강원도 금강산 일 만 이 천봉 팔만구암자 유점사 법당 위… 아직 초등학교도 가지 못한 대여섯살 짜리 꼬마아이에게 순순히 노래를 시킨 건 순전히 눈, 눈이 내린 세상의 풍경일 것이다. 처음엔 머뭇머뭇 시작한 노래가 나중엔 식구들을 다 깨울 지경이었으니 그 신명도 순전히 눈내린 새벽의 적막 탓일 터. 니 그 노래를 어디서 듣고 배웠노. 강원도 아리랑은 노래로 어머니를 꼬셔 시집오게 만들고 일본기생들의 오줌을 지렸다는 노래꾼인 아버지의 레퍼토리가 아니다. 니가 가르쳐줏나, 라고 아버지가 어머니에게 묻지 않은 건 어머니는 온동네가 다 아는 일등음치이기 때문이고. 어디서 어떻게 듣고 배우겐 된 노래인 지 아무도 모르는 노래들을 그 눈내린 새벽에 불러제낀 건 " 쥐

콩만한 게 노래 좀 하는데" 라는 아버지의 부추김 때문이다. 그 근거 없는 부추김 때문인지 나는 시도 때도 없이 노래를 부르고 다닌 듯 하다. 농사지으러 가는 들길에서, 땔감을 구하러가는 산속에서, 고 스랑거리면서 흘러가는 시냇가에서, 아무도 없는 겨울들판 바람을 피해 앉은 논두렁 아래에서. 저기 커서 난중에 사당이 될라카나. 아 버지는 더러 혀를 찼지만 아버지의 피, 아버지의 기질은 나 뿐만이 아니라 어머니를 제외한 온식구가 다 노래 좀 한다는 소리를 듣게 만들었다. 그러니 그건 명백하게 내 책임이 아닌 것. 하릴없고 놀거 리 없는 시골에서 아는 노래를 다 부르고 나서 더 이상 부를 노래가 없어지면 세상에 없는 노래를 지어부르고 만들어 부르기도 했다. 노 래는 누가 만들었는 지, 노래는 어디에서 오는 지, 누가 내게 시키지 도 않은 노래를 부르게 하는 지, … 그걸 물어보게 된 것은 물론 훨씬 나이가 들고난 후의 일이지만 여전히 답은 모르겠다, 이다. 누가 인 간의 가슴 속에 노래라는 걸 숨겨놓았나. 샘물이 흘러 넘치지 않는 것처럼 늘 인간의 영혼 안에 고여있는 노래, 노래는 왜 아름다운가. 이 글을 읽는 당신이 답할 차례이다.

김 참

1995년《문학사상》으로 등단

시집《그림자들》《미로 여행》등

초록 임부복의 여자

뽈록뽈록 움직이는 아기와 함께 걷는 초록 임부복의 여자. 그녀가 돌담 옆의 좁은 길 지나갈 때 바람이 불고 종달새 지저귀고 감꽃이 떨어지고 뱃속의 아이가 뽈록뽈록 움직이고. 그녀는 초록 임부복 입은 여자. 뱃속에서 아이가 무럭무럭 자라고 있다. 그녀는 대문을 열고 진초록 감나무 잎 무성한 마당 넓은 집으로 들어가 우물에 두레박을 내리고 시원한 물을 길어 마신다. 그녀는 초록 임부복 입은 여자. 뱃속에서 뽈록뽈록 아이가 움직이고 있다.

가자미

그녀는 아스팔트에 누워 아이처럼 뒹굴었어요. 지나가던 사람들이 손가락질 했어요. 아무에게도 말하지 않았지만 그녀는 가자미를 좋아해요. 날마다 가자미를 먹고 싶어 해요. 나는 향냄새에 기운이 빠져서 더 이상 가자미를 잡아 줄 수 없다고 했더니 그녀는 벌떡 일어나 내 배를 마구 꼬집었어요. 꼬집힐 때마다 비명을 질렀더니 그녀는 또 데굴데굴 굴렀어요. 그녀는 가자미가 먹고 싶다며 딱딱한 아스팔트 위를 이리 뒹굴 저리 뒹굴 굴러다니고. 지나가는 사람들이 혀를 차며 손가락질을 하고. 나도 그만 기운이 빠져 길바닥에 드러눕고. 먹구름 몰려와 비 쏟은 뒤 물 고인 웅덩이에 투명한 가자미들 둥둥 떠다니고.

시의 아름다움은 어디에서 오는가?

할아버지는 성악가였고 할머니는 피아니스트였다. 아버지도 성악가가 꿈이었다. 누나는 어릴 때부터 피아노를 쳤다. 이런 집안 분위기 때문에 나는 어릴 적부터 본의 아니게 고전음악을 들으며 자랐다. 그러다 중학교 다닐 무렵 가요를 듣기 시작했고 고등학교 시절에는 락 음악에 빠져 엘피를 모으기 시작했다. 당시 주로 듣던 음악은 하드록과 해비메탈이었다. 그러다 아트락에 입문하면서 내 귀는 점점 까다로워졌다. 엘피로 음악을 듣던 시절에는 음반 하나를 여러 번 되풀이해서 들었다. 바늘은 금방 닳았다.

시 쓰기에 재미를 붙인 것은 아트락을 듣던 때와 비슷한 무렵이었다. 나는 음악, 그 중에서도 아트락 같은 시를 쓰려고 했다. 아트락은 다양한 장르의 음악을 수용한다. 클래식, 민속음악, 싸이키델릭, 포크, 재즈 등등. 전위음악을 받아들은 아트락은 아방가르드 락이 된다. 독일의 크라우트락은 아트락의 여러 흐름 가운데 가장 실험적이고 전위적이다. 오늘날 세계 각국에서 활동하는 아방가르드 밴드들은 크라우트락에서 적지 않은 영향을 받았음에 틀림없다. 대중음악의 여러 가지 스타일을 수용한 아트락을 듣다보니 블루스, 재즈, 클래식, 국악 등 가리지 않고 음악을 듣게 되었다.

음악파일을 쉽게 수집 할 수 있던 10여 년 전, 나는 세계 각국의 음악을 음반단위로 모으기 시작했다. 집에서 음악이 끊어질 날이 없었다. 감상의 속도가 수집의 속도를 따라가지 못했다. 어느새 나는 음악을 듣는 것보다 음원을 모으기에 열을 올리고 있었다. 그러던 어느 순간부터 나는 음악을 듣는 시간을 줄여나갔다. 하루 종일 음악을 듣지 않는 날도 많았다. 그러자 귀가 점점 순해졌다. 요즘에도 음악을 듣는 시간은 그리 많지 않다. 간혹 음악을 듣더라도 기교가 적고 소박한 음악을 듣는 편이다. 연주력은 여전히 따지지만, 연주자의 감정 표현이 잘 되는 음악이 더 좋다.

음악은 인간이 만들어낸 예술의 여러 영역 가운데 가장 아름다운 것이다. 음악이 시보다 아름다운 것은 음의 파장이 인간의 감각에 직접적으로 전달되기 때문이다. 생각하고 의미를 따져보는 시와 달리 음악은 생각할 틈을 주지 않고 우리 몸으로 흘러들어온다. 소리는 우리의 귀로 들어오지만 우리는 몸으로 음악을 느낀다. 그 가운데 어떤 음악은 우리에게 전율을 준다. 귀로 들어온 소리가 몸을 떨리게 만드는 것이다. 인간의 몸이 소리에 공명하는 것이다. 이 때 인간의 몸을 떨게 하는 소리는 몸속에만 있는 것도 아니고 외부에만 있는 것도 아니다. 우리가 공명할 수 있는 순간은 우리가 음악과 하나가 되는 때이다. 이때 우리는 음악을 듣는 자기 자신을 잊는 무아지경에 빠지게 된다. 때때로 우주 한가운데 붕 떠 있는 느낌을 주는 음악들. 그런 음악들은 아름다움의 차원도 넘어서는 또 다른 지점에 위치한다.

악기는 소리를 만들어내는 도구다. 하지만 악기는 단순히 소리를 만들어내고 전달하는 도구가 아니다. 몸을 움직여 연주하는 사람과 그 몸의 움직임을 받아들이는 악기는 한 몸이다. 인간의 몸과 악기의 몸이 만나기 때문에 이 두 몸은 하나의 새로운 몸이 된다. 악기는 소리를 만들어 내지만, 소리는 연주자의 몸을 통해 나온다. 연주자는 손과 손가락, 어깨, 다리, 발, 발가락, 폐, 복부, 입, 혀, 볼 등등 몸의 수많은 기관과 근육을 움직이며 소리를 만들어 낸다. 연주자는 자신의 몸의 움직임을 악기에 전달하고 악기는 그 몸의 움직임을 받아들여 공기 중에 소리의 파장을 일으킨다. 그렇다. 악기와 하나가 된 인간은 그 자신도 하나의 악기가 된다. 그리고 그 음악에 공명하는 감상자도 모두 악기가 된다.

아름다움은 어디에서 오는 것일까? 음악이건 시건 그림이건 모든 예술작품의 아름다움은 연마에서 비롯된다. 수련은 아름다움을 만들어내는 유일한 방법이다. 연주력이 일정한 수준에 도달한 연주자는 자기가 원하는 소리를 마음대로 낼 수 있다. 보다 더 숙련된 연주자는 악기를 통해 기쁨과 슬픔 고독과 우울을 비롯한 다양한 감정도 표현할 수 있다. 연주자가 악기를 통해 표현하는 감정은 무수히 많다. 그래서 좋은 음악은 숙련된 연주자 그 자체가 된다. 연주자 자신이 하나의 악기이기 때문에 그는 자신이 가진 감정을 자유자재로 표현할 수 있다. 숙련된 연주자가 표현하는 감정은 무수히 많아서 우리가 언어로 표현할 수 있는 범위를 넘어선다. 사실 소리에 실려 전달되는 감정들의 대부분은 언어로 표현하기 어려운 것들이다. 연주자가 만들어 내는 소리 하나하나가 감정을 담고 있기 때문이다. 숙련된 연주자는 보통의 연주자들과 다른 자신만의 소리를 만들어 낼 수 있다. 이 정도면 일가를 이룬 연주자라 할 수 있다.

음악을 연주하는 행위는 우주와 소통하는 제의다. 연주자는 자신의 몸의 움직임을 악기에 전달함으로써 소리를 만들어내고 그 소리를 들으며 연주를 계속한다. 자신의 몸 그리고 몸이 만들어 내는 소리와 끊임없이 교감하고 반향하면서 연주자는 자신을 잊고 무아지경에 도달한다. 자신과 소리가 하나가 되는 단계에 도달하게 되는 것이다. 연주자는 무당이 접신하는 것처럼 자신이 만들어낸 음악 속으로 몰입하며 자기 자신을 잊는다. 그러면서 그는 우주와 하나가 된다. 연주자가 소우주라면 그 소우주는 우주와 일체가 된다. 악기와 연주자가 일체가 되어 음악을 만들어냈던 것처럼, 그 음악은 공기 중에 울려퍼지면서 우주와 한 몸이 된다. 그렇다. 연주는 일종의 제의다. 연주를 하는 순간이 나와 우주가 하나가 되는 순간이고 음악을 듣는 행위는 바로 이 합일의 순간에 참여하는 것이다. 음악은 연주자뿐만 아니라 가청 범위에 있는 모든 사람들의 귓속으로 들어간다. 이 가청범위 안에서 음악을 듣는 사람은 하나가 된다.

연주자들은 각자 자기의 악기를 연주하지만, 자기 악기를 연주하면서도 다른 악기의 소리를 듣는다. 좋은 음악은 연주자들이 보이지 않는 탯줄로 이어진 한 몸처럼 서로 교감하면서 다른 사람이 만들어

내는 소리와 자신이 내는 소리가 잘 어울리도록 한다. 좋은 음악은 연주자 모두가 일체가 된 듯한 느낌을 주는 것이다. 한 몸이 된 연주자들은 자신이 만들어내는 소리를 우주의 리듬과 일체가 되도록 한다. 연주자가 우주의 리듬과 만나는 것은 카오스가 코스모스가 되는 순간이고, 혼돈이 태극이 되는 순간이다.

시는 음악에서 떨어져 나왔다. 이 분리가 시의 태생적 비극이다. 사람들은 시보다 음악을 좋아한다. 시를 쓰는 나도 마찬가지다. 왜 사람들은 시보다 음악을 사랑하는 것일까? 이는 시가 가진 근원적 한계 때문이다. 시는 절름발이다. 절름발이인 언어를 도구로 사용하기 때문이다. 언어는 대상의 본질을 제대로 그려내지 못하는 한계를 지니고 있다. 그 한계를 극복하기 위해서 시는 마술적 상태를 지향하지만 시는 고향을 잃어버린 난민처럼 원초적 상실감을 이겨내지 못한다. 고향을 떠난 자가 고향을 그리워하듯이 시는 기본적으로 음악적 상태를 지향한다. 좋은 시를 쓰려면 음악을 알아야한다. 시는 자신의 이야기를 타인에게 전달하려는 목적을 지니고 있다. 전달이라! 그런데 어떻게 전달할 것인가? 어떻게 해야 나의 이야기가 듣는 이에게 공감을 불러일으킬 수 있을까?

모든 예술의 목표는 소통과 교감이다. 시는 단순히 정보를 전달하는 것이 아니다. 연주자가 음악을 청중에게 들려주는 것처럼, 자신의 몸과 악기가 일체가 된 순간 뿜어져 나오는 소리의 파장을 전달하는 것처럼, 시인 독자에게 자신의 내면에 있는 무언가를 전달하려고 한다. 그러나 불행하게도 시인에게는 악기가 없다. 자신의 온몸과 감정을 실어 나를 도구가 없다. 시의 도구인 언어는 시와 마찬가지로 태어날 때부터 절름발이였고 그런 언어를 도구로 하기 때문에, 언어를 통해서 타인과 소통하고 교감을 나누는 것은 무척 어려운 일이다. 여기서 우리는 태생 자체가 불완전한 시가 지향하는 지점을 알 수 있다. 그것은 음악과 같은 형식이다. 시가 음악의 형식을 지향하는 정황은 다양하게 포착되지만 그 가운데 가장 대표적인 것이 시의 리듬이다.

시를 아름답게 만드는 것은 내용이 아니라 형식, 달리 말하면 기법이다. 시인은 예술가이고, 예술가는 장인이고, 장인은 기술자다. 잡지와 시집을 통해 쏟아져 나오는 시는 무척 많지만 좋은 시는 드물고 예술가의 길을 걷는 장인은 소수다. 기본기를 연마하지 않은 사람이 적지 않다는 이야기다. 기본기에 충실한 시인이 아름다운 시를 남긴다. 아름다운 시를 쓰는 사람은 시작에서 가장 중요한 것이 무엇인지 정확하게 알고 있다. 시작에서 가장 중요한 것은 무엇일까? 상식적인 이야기지만 시가 산문과 다른 점은 음악성을 가지고 있다는 것이다. 리듬은 시의 가장 중요한 기법이다. 아니 기법을 넘어서는 본질일지도 모른다.

시에서 리듬이 중요하다는 것은 누구나 알고 있다. 하지만 시를 읽다보면 숨이 막히는 경우가 많다. 리듬 없는 시들이 너무 많다. 현대시는 정형시가 아니기 때문에 정형화된 리듬으로부터 자유롭다.

하지만 그렇다고 해서 리듬을 무시할 수 있는 것은 아니다. 리듬보다는 표현이나 시의 내용에 중점을 둘 수도 있지만 좋은 시를 쓰는 시인은 자신의 고유한 호흡을 가지고 있고 그 호흡을 바탕으로 시에 독특한 음악성을 부여한다. 좋은 시는 물 흐르는 것처럼 자연스럽게 흘러간다.

리듬은 시에 생명을 부여하는 장치다. 시를 쓰는 사람이라면 누구나 알고 있는 사실이다. 그런데 알고만 있는 사람이 많다. 리듬을 간과하고 음악성을 염두에 두지 않고 시를 쓰는 사람들이 부지기수다. 아는 것을 실천하는 것은 참 어려운 일이다. 오랫동안 시를 써온 사람은 리듬을 생각해가며 시를 쓰고, 리듬을 생각하지 않고 시를 써도 저절로 리듬이 만들어지는 경우가 허다하다. 리듬을 만드는 방법은 많지만 같은 소리의 반복, 낱말의 반복, 구와 절의 반복, 문장을 반복하고 변주하는 방법이 대표이다. 이미지를 반복하고 변주하는 방법도 있다. 반복과 변주를 통해 강력한 주술성을 획득하는 시는 묘한 울림을 지니며 음악과 흡사한 공명을 지닌다.

시인은 시적 언어라는 미적 장치를 통해 그의 생각과 감정을, 그가 들려주고 싶은 이야기를 전달한다. 이때 시인은 효과적인 전달을 위해 언어적 장치나 이미지를 반복적으로 사용하기도 한다. 이 반복의 메커니즘이 음악적 효과를 만들어 낸다. 음악적 효과는 작품 내에서 그려진 감각의 세계를 풍성하게 하기도 하지만 감각적 체험을 뛰어넘은 곳에 있는 풍경, 즉 음악이 지향하는 공명의 세계나 우주의 혼들이 방랑하는 초감각적 세계에까지 미치기도 한다. 좋은 시는 음악을 듣는 것 같은 느낌을 준다. 음악을 지향하는 시는 특정한 소리와 낱말, 어구를 되풀이하여 말하는 경향이 있다. 또는 비슷한 문장을 반복하고 변주하는 수법을 적절하게 활용하기도 한다. 반복과 변주에서 만들어지는 음악적 효과를 드러내는 시는 그 시를 쓴 사람의 음악적 감각, 나아가 미적 감각이 무척 탄탄하다는 점을 입증한다. 반복은 시에 주술적이고 마술적인 힘을 부여한다.

곰곰이 생각해 보면 시에는 두 가지 영역이 있다. 하나는 언어로 표현된 것이고 다른 하나는 언어로 표현되기 이전의 시, 날 것의 상태로 이 세계의 도처에 흩어져 있는 것이다. 언어로 표현되기 이전에 날것의 상태로 흩어져 있는 시가 진짜 시지만, 언어로 그것을 옮기면 시가 지닌 원래의 모습은 사라지고 만다. 날것 상태의 시는 시가 지향하는 원초적 상태를 간직하고 있지만 시인은 우리에게 그 상태를 완벽하게 전달하지 못한다. 그는 그것을 애써 전달할 필요가 없다는 것을 알고 있을 수도 있다. 하지만 뛰어난 시인들은 그가 느낀 시적인 체험을 언어로 표현하기 위해 부단히 노력한다. 인간이 사용하는 언어는 언제나 그가 겪은 황홀한 순간을 깎아먹지만 그럼에도 불구하고 시인은 그 황홀한 순간을 표현하려고 애쓴다.

아름다운 것은 자연스럽다. 일몰과 일출이 반복되고, 계절이 순환하는 것처럼 일정한 리듬을 지니고 있다. 우리가 매일 아침 눈을 뜨고 잠에서 깨어나기를 반복하는 것도 매일 밥 먹기와 잠자기를 반복하는 것도 일정한 리듬에 따라 움직이는 것이다. 이 리듬이 깨어져서 해가 져서 뜨지 않는다면, 잠을 자지 않는다면, 밥을 먹지 않는다면, 지구가 태양 주위를 돌지 않는다면 우리는 모두 죽음을 맞이하게 될 것이다. 죽은 것들은 아름답지 않다. 하지만 살아 있는 것들은 아름답다. 아름다운 시는 안정된 호흡을 가지고 있다. 리듬이 살아있는 시를 쓰는 시인은 원래부터 시라는 예술의 토대가 음악에 뿌리를 두고 있다는 점을 알고 있다. 그리고 이런 시를 쓰는 사람은 작시법의 해묵은 명제를 묵묵히 실천하고 있다. 소리와 이미지의 반복과 변주를 통해 음악적 효과 만들어내는 시들은 오늘날의 시가 지녀야 하는 미덕이 무엇인지 잘 보여준다.

1995년 어느 겨울이었다. 잡지로 등단한 나는 신인상을 받기 위해 할아버지와 함께 시상식장으로 갔다. 그날 아침 할아버지는 나에게 모든 예술에는 질서가 있어야한다는 이야기를 해 주셨다. 이는 내가 할아버지에게 들었던 예술에 관한 딱 두 가지 이야기 중의 하나다. 하지만 당시에 나는 그 말이 왠지 답답하게 느껴졌다. 하지만 이상하게도 나는 종종 그 이야기를 들었던 장소가 떠올랐고 이야기해주던 할아버지의 표정이 떠올랐다. 20년 전, 나는 할아버지가 나에게 왜 그런 이야기를 해 주셨는지 이해하지 못했다. 하지만 지금 생각해 보면 할아버지는 내가 쓴 시에 어떤 문제가 있었는지 정확하게 알고 계셨던 것이다.

김 언

시_ 비밀

　　아름다운 사랑 영화

산문_ 내가 담배 피우는 모습

1998년 《시와 사상》으로 등단

시집 《숨쉬는 무덤》 《거인》 《소설을 쓰자》

《모두가 움직인다》

비밀

이것은 비밀이다

이것도 비밀이다

락앤락 플라스틱 용기 안에

아무것도 들어 있지 않은 것도 비밀이다

왼쪽 귀와 오른쪽 귀 사이에

아무 말도 없는 것도 비밀이다

침묵이 없는 것도 비밀이고

비밀이 많아서 끝내는 발설하는 것도 비밀이다

발설의 내용도 비밀이고 발설의 결과도 비밀이며

그래서 나의 죽음은 아무도 모른다는 사실도

비밀에 부쳐졌다 비밀로 묻히는 것

비밀로 새어나가지 않는 것

이것들을 한데 모아 다 갖다버려도 비밀이다

비밀은 발설하지 않는다 아무도 듣지 않는다

비밀은 입만 벙긋해도 충분하다

윗니와 아랫니 사이에도 충분하다

입구멍과 똥구멍 사이에도 충분하다

딱 한 번 흘러넘치는 순간이 올 때까지

변기 물을 내리지 않는 것도 비밀이다

끝까지 비밀이라고 해두자 입을 열기까지는

어떤 냄새도 나오지 않는다

아름다운 사랑 영화

당신은 아름다운 사랑 영화
얼굴도 모르는 사람 앞에서 1966년에 태어났지
아니면 1996년까지 나이를 헛먹었을 거야
나이만 본다면

파렴치한 성장 영화 같지만 사람 하나 죽인 적 없지
다만 감옥에 갔을 뿐 당신들이 강요하는 목표에
번번이 실패했을 뿐

이 모든 게 맘(mom) 당신 덕분이지만
처음 보는 사람 앞에서도
맘 난 아들이라고 해요 기억하시는지
엄마는 너 때문에 중요한 장면을 놓쳤고
지금도 놓치고 있단다 너 때문에

아빠는 사사건건 거실에 있고

벌써 관 속에 들어갔어야 할 양반이
오늘은 웬일로 식탁에서 포크를 떨어뜨리고 운다
마치 흉기를 줍는 것처럼
자연스럽게

영화가 끝나고 다시 시작할 때까지
내가 정말로 잘생겨질 때까지
나 혼자서 얘기했던 그것은 대화
달콤한 꿈에서도 나오지 않던 이름

당신이 등장하면서 조금씩 문이 열리고
착각이라도 좋고 공상이라도 좋은
욕조에서 나눈 대화
침대에서 나눈 잠깐의 키스

그리고 당신이 마지막으로 원했던
하트 모양의 쿠키를 사면서
서른 살의 나는 끝났습니다 지금도 아름다운 나이를
쫓아가고 있으니 기다리세요
기다릴 겁니다

당신은 아름다운 사랑 영화

여자에게 생일선물 한 번 못 받아본

나에게도 영화 같은 날이 찾아왔답니다

행복한 결말도 좋고

흐지부지한 미래도 좋습니다

영화는 영화니까요

당신이 처음 맛본 초콜릿은

너무 쓰고 달콤했습니다

내가 담배 피우는 모습

아름답다. 너를 보고서 내가 처음 떠올렸던 말. 어느 술자리에서였더라 아니면 어느 벤치에서였더라. 장소는 중요하지 않다. 시간대도 중요하지 않다. 계절도 중요하지 않고 어느 시대인지도 따지고 들자면 하등 중요할 것이 없는 어느 날 어느 시간대에 그 어느 장소에서 너를 보고서 내가 처음 떠올렸던 말. 이왕이면 밤이면 좋겠다. 해가 지는 때라도 좋겠다. 최소한 너무 밝은 빛 아래서 보지 않았으면 하는 바람으로 나는 너를 만난다는 생각도 없이 너를 마주칠 거라는 기대도 도무지 할 수 없는 곳으로 가고 있고 가서는 도착할 것이고 도착해서는 앉아 있을 것이다. 한적한 공원의 벤치도 좋고 어깨 너머로 담소를 나누는 소리가 거슬리지 않게 들리는 어느 카페여도 좋고 그 정도로 불편하거나 불쾌하지 않은 곳이라면 술집도 좋다. 맥주를 파는 곳이어도 좋고 소주를 파는 곳이어도 좋고 막걸리를 파는 곳이어도 좋다고 말하기까지는 조금 더 시간이 지나야겠지만, 술집은 사시사철 문을 열고 벤치는 사계절 내내 한곳에 붙박여 있고 작업복 차림의 사람들이 와서 질끈 뽑아가기 전까지는 가로수도 그 자리에 붙어 서서 네가 있는 장소를 네가 있는 장소답게 만들어줄 것이다. 나는 나의 입버릇을 사랑한다. 나는 나의 입버릇을 무던히도 반성하고 그보다 끔찍이도 증오하고 그래서 실어증이나 다름없는 시간을 지겹게도 되풀이한 다음에야 대책 없이 사랑하기로 마음먹은 지 얼마 지나지 않아서 한 번 더 실망하는 단어를 떠올려야 했지만, 그럼에도 나는 나의 입버릇이 반복하는 말을 마지못해 사랑한다. 사랑해마지 않는다고 말하는 나의 입버릇이 이번에는 아름답다를 연발하고 있다. 나는 도대체 무얼 보았던 것일까. 너는 도대체 어떤 자세로 어떤 자태를 뽐내며 어떤 행동을 하고 있었던 것일까. 내 시선이 닿기도 전에 너는 그 자리에서 그 자세 그대로 움직이고 있었겠지만, 너는 처음 보는 물건이다. 너는 처음 보는 인물이자 사건이다. 그리고 아름답다. 손가락 하나 까딱하지 않는 자세에서도 그 말은 튀어나왔을 것이다. 무척이나 빠른 걸음으로 걸어가거나 걸어오고 있었어도 마찬가지 말이 생각났을까. 아름다운 것은 대체로 느리다는 편견을 깰 정도로 우아하고 빠르게, 기품 있고 재빠르게, 아리땁고 신속하게 움직이는 그 걸음을 보았다면 충분히 가능하리라. 아름답다는 말. 아름다운 연기만큼이나 그 경로를 추측하거나 예측할 수 없는 곳에서 너는 왔고 너는 가고 있고 단 한 순간도 멈추어 있을 리 만무한 곳에서도 너는 잠시 앉아 있거나 서 있는 자세를 보여준다. 정지한 상태를 보여준다는 것은 불가능하지만 불가능하더라도 너는 서 있다. 앉아 있거나 곧 일어설 자세로 순간순간을 정지한 화면처럼 보여주는 너의 도대체 무엇을 보았던 것일까. 너의 도대체 무엇에 해당하는 행동과 자태를 보았던 것일까. 우선은 네가

서 있어야 한다. 그게 아니면 앉아 있어야 한다. 누워 있는 자세는 아직 한참을 더 기다려야 탄생하는 것을 구경할까 말까 한 것이고 그래서 기대도 하지 않는 자세 중 하나인 누워 있는 자세를 그럼에도 슬쩍 끼워 넣으려는 욕망을 지우는 데도 한참이나 걸렸던 이유. 앉아 있거나 서 있거나 너는 아름답다는 말을 연발하는 이유와도 맞먹는 그 이유를 다시 생각한다. 너는 앉아 있어야 한다. 앉아라도 있어야 한다. 누워 있지 않기 때문에 더더욱 너는 앉아 있어야 한다. 그것이 싫다면 서서라도 보여 달라. 조금 전의 너의 자세. 너의 자태. 너의 행동. 너의 얼굴에서 풍기는 그 모든 기품과 매력이 거품처럼 꺼져버리는 사태를 맞이하기 전에 너는 앉아 있어야 한다. 서 있기라도 해야 한다. 제발 보여 달라. 다시 보여 달라. 너의 손과 입과 머리에서 매캐하고 자욱한 연기가 피어오르더라도 그것은 아름답다. 한정 없이 아름다워야 한다. 무조건 아름다워야 하고 절대적으로 아름답다는 말을 되풀이해서 보여주는 한이 있어도 아름다운 것은 아름답다. 너의 행동이 그것을 증명하고 있다. 나의 말이 이미 그것을 되풀이했다. 입버릇처럼 떠들어대는 너는 아름답다. 너도 아름답다고 생각하는지는 중요하지 않다. 누가 또 그렇게 생각하는지도 중요하지 않다. 아름다운 건 아름답다고 생각하는 사람을 필요로 하지 않고 아름답다는 말을 증명한다. 이것이 허풍으로 들리는가. 아니다. 이것은 말버릇이고 이것은 고칠 수 없는 나의 병명이고 그래서 사랑한다고 이미 말하지 않았던가. 마지못해서라도 너는 아름답다. 아름다워야 한다. 내가 벤치에서든 술자리에서든 내가 담배 피우는 모습을 자각하지 못하는 자세로 담배를 피우는 것이 일상사일 때도 너는 아름다워야 한다. 아름다울 수 있는 데까지 아름다운 자세로 너 역시 담배 연기를 뻐끔뻐끔 뿜어 올린다 한들 아름답다는 말이 달아나는 데는 한참이나 걸린다. 담벼락을 타고 흐르는 연기. 벽을 타고 올라가는 연기. 천장에 부딪혀서 맴맴을 도는 연기. 맴맴을 도는 연기가 어느 순간 비집고 들어가거나 나갈 틈을 발견하고서 빠져들 듯이 빠져나가는 것도 어차피 연기. 연기는 가장 멀리서도 연기일 테지만, 가장 멀리서도 연기가 되는 곳을 포기하는 순간에도 마지막에는 연기겠지만, 연기는 계속해서 아름다움을 허락한다. 아름다움을 권유한다. 설득이라도 좋고 강제라도 좋은 상태로 아름다움을 되풀이하는 연기는 오래전에 더는 쫓아갈 수도 없는 상태까지 달아나버렸지만, 거기에서도 너는 있어야 한다. 있어야 한다는 억지를 부려서라도 너는 있다. 아름다움이 있다. 아름다운 행동이 있고 너의 자태가 있다. 자세는 그 자세 그대로 얼어붙어버린 말을 한 번 더 녹이고 있다. 아름다워야 한다고. 아름답지 못하면 나는 이때까지 몰고 온 모든 연기를 취소하겠다. 취소할지도 모른다. 그러니 그 자리에서 그 자리 그대로 앉아서 행동을 보여 달라. 일어서서라도 보여 달라. 숨기지 말고 연기를 피워라. 연기가 아니면 헛됨이라도 헛것이라도 애원하듯이 애걸하듯이 바라고 있는 거기서 걸어오고 있는 누군가의 방금 전 걸음걸이와 멈춰 선 자세와 끝내는 앉아 있어야 할 누구군가의 자태를 마지막까지 놓치지 않으려는 열성으로 붙잡는다. 연기를 다 마시고 나서야 빠져나오는 연기를 누군가 지쳐서 나가 떨어질 때까지 내 말은 아름답다를 반복한다. 너는 아름답다. 너는 아름답다는 말을 마지막까지 참고 들을 수 있는 자에게만 나는 말할 수 있다. 내가 담배 피우는 모습을 보여줄 수 있다. 너는 아름답다고 말하는 순간에도 연기는 정지하지 않는다. 피어서 올라간다. 그 말이 닿는 순간 연기는 사라진다. 사라지지 않는다는 걸 증명하기 위해서라도 사라져야 한다. 연기는 그럴 만한 역량으로 꽉 차 있다. 사방에 다 퍼져 있는 것 같다. 그걸 쫓아갈 자신이 없는 내 입버릇이 붙잡는 것도 그래서 내가 담배 피우는 모습. 아름답다는 말. 너를 처음 보았을 때.

기괴한 서커스 | 허만하 외 지음

에스키모 신화 속 바다의 여신, 아직 명확하게 규명되지 않은 어떤 행성의 이름이라는 '세드나sedna'. 그 마음을 품은 허만하, 김형술, 김언, 조말선 같은 부산 모더니즘 시인들이 만든 색다른 실험의 결과물. 우리 현대시의 성취를 가늠케 하는 책. 詩는 힘이 세드나?

살구 칵테일 | 허만하 외 지음

《기괴한 서커스》에 이은 '세드나' 2집. 허만하 시인은 "세드나는 잡다한 심리적 명암과 무관히 그 궤도를 벗어나지 않고 영하의 우주공간을 돌게 된 것이다. 우리들은 그 동력이 시에 대한 무구한 사랑이란 사실을 알고 있다"며 시에 대한 변함없는 애정을 피력하고 있다.

푸른 행성의 질주 | 〈수요시 포럼〉 동인 지음

'수요시 포럼' 동인의 〈수요시 포럼〉 제10집. 동인 창단 10주년 특집 기념 시집이지만, 단순히 동인들의 시로만 구성되지는 않았다. 부산 모더니즘 시인들의 모임인 '세드나' 동인들의 기념 축하 산문을 함께 실어 두 동인들 간의 오랜 교우와 친분을 확인할 수 있다.

불세출 | 사문난적 시선 02 김록 시집

1998년《작가세계》신인상으로 등단한 시인의 세 번째 시집. 그동안 시집《광기의 다이아몬드》(2003)와《총체성》(2007)을 펴낸 바 있는 시인은 이 시집에서 '난해하다'는 기왕의 시 세계를 보다 더 간명하고도 투명한 이미지들로 엮어내고 있다.

노랑어리연꽃 | 사문난적 시선 01 소복수 시집

1988년《시문학》신인상으로 등단한 소복수의 두 번째 시집. 첫 시집《내소사來蘇寺의 아침》(2001)을 통해 맑고 단아한 서정의 세계를 선보였던 시인은 이 시집에서 한층 더 맑고도 웅숭깊은 '빈' 적요의 풍경을 탐사함으로써 동양적 수묵화의 경지를 성취해내고 있다.

절하고 싶다 | 함민복 엮음

함민복 시인은 책의 '서문'에서 "여기에 소개하는 시들은 평소 내게 강렬하게 각인되어 있던" 시들이라며, 그렇기에 그는 "타 시인들의 시를 통해 내 영혼의 지적도가 그려진 느낌"이라고 말한다. 시인의 마음으로 본 시와 시인의 내면풍경들, 그 깊은 울림을 느낄 수 있다.

부 산 모 더 니 즘 시 인 들

시초는 바닷가에서 되풀이된다

'세드나' 모임의 세 번째 책은 구성원들의 합의에 따라 〈시에 있어서 미란 무엇인가?〉라는 주제 아래 글과 시작품을 모으기로 했다. 이번 주제는 한국시가 정면으로 맞이해야 할 숙제라는 것이 우리들의 의견이었다.

시초는 한번뿐이기 때문에 되풀이되지 않는다. 그러나 시초는 근원적으로 다시 시작될 때 참된 시초가 되는 역설이다. '세드나' 제3집의 은빛 목소리는 우리들이 항구도시 부산을 대상으로 한 것이 아니라 우리들 바깥의 시공간 전역을 대상으로 한 것이며, 시간적으로 미래를 상대로 한 자각의 목소리다. 그것은 우리들 각자가 저마다 자신의 인격을 걸고 시를 쓰는 자세를 확인하는 절차다. 릴케는 새의 둥지를 몸 바깥의 태라 말했지만, 우리들은 하필이면 엄동설한의 연말의 하루를 택하여 우리들이 출발했던 광안리 바닷가 터전을 찾아 잠시 동안의 시의 둥지를 만들게 되었다. 표류하면서도 서로 체온을 나누는 시의 둥지. 우리들은 주변인이다.　　　　　　　　　　　　— 허만하, 서문에서

1. 에스키모 신화에 나오는 바다의 여신 이름
2. 최근(200년 5월 15일)에 발견된 신비한 천체 이름. 태양계 가장 바깥에 있으며… 태양에서 130억 킬로미터(지구에서 가장 먼 명왕성보다 3배 더 먼 거리), 태양계에서 가장 추운(영화 240도 화씨) 지역으로 행성과 유사한 모양을 가지고 있으나 아직 그 성격이 분명히 밝혀져 있지 않다.

값 12,000원

03810
9 788994 122366
ISBN 978-89-94122-36-6